地下长河

——引大入秦工程胜利竣工

张学亮　编写

吉林出版集团股份有限公司

图书在版编目（CIP）数据

地下长河：引大入秦工程胜利竣工/张学亮编. —

长春：吉林出版集团股份有限公司，2009. 12

（共和国故事）

ISBN 978-7-5463-1905-6

Ⅰ. ①地… Ⅱ. ①张… Ⅲ. ①纪实文学–中国–当代 Ⅳ. ①I25

中国版本图书馆 CIP 数据核字（2009）第 237684 号

地下长河——引大入秦工程胜利竣工

DIXIA CHANGHE　　　YIN DA RU QIN GONGCHENG SHENGLI JUNGONG

编写　张学亮

责任编辑　祖航　李娇　王贝尔

出版发行　吉林出版集团股份有限公司

印刷　三河市嵩川印刷有限公司

版次　2010 年 1 月第 1 版　　2022 年 1 月第 9 次印刷

开本　710mm×1000mm　1/16　　印张　8　字数　69 千

书号　ISBN 978-7-5463-1905-6　　定价　29. 80 元

社址　吉林省长春市福祉大路 5788 号

电话　0431 – 81629968

电子邮箱　tuzi8818@126. com

前　言

　　自 1949 年 10 月 1 日中华人民共和国成立至今,新中国已走过了 60 年的风雨历程。历史是一面镜子,我们可以从多视角、多侧面对其进行解读。然而有一点是可以肯定的,那就是,半个多世纪以来,在中国共产党的领导下,中国的政治、经济、军事、外交、文化、教育、科技、社会、民生等领域,都发生了深刻的变化,中国人民站起来了,中华民族已屹立于世界民族之林。

　　60 年是短暂的,但这 60 年带给中国的却是极不平凡的。60 年的神州大地经历了沧桑巨变。从开国大典到 60 年国庆盛典,从经济战线上的三大战役到经济总量居世界第三位,从对农业、手工业、资本主义工商业的三大改造到社会主义市场经济体制的基本确立,从宜将剩勇追穷寇到建立了强大的国防军,从废除一切不平等条约到独立自主的和平外交政策,从"双百"方针到体制改革后的文化事业欣欣向荣,从扫除文盲到实施科教兴国战略建设新型国家,从翻身解放到实现小康社会,凡此种种,中国人民在每个领域无不留下发展的足迹,写就不朽的诗篇。

　　60 年的时间在历史的长河中可谓沧海一粟。其间究竟发生了些什么,怎样发生的,过程怎样,结果如何,却非人人都清楚知道的。对此,亲身经历者或可鲜活如昨,但对后来者来说却可能只是一个概念，对某段历史的记忆影像或不存在，或是模糊的。基于此，为了让年轻人，特别是青少年永远铭记共和国这段不朽的历史，我们推出了这套《共和国故事》。

《共和国故事》虽为故事，但却与戏说无关，我们不过是想借助通俗、富于感染力的文字记录这段历史。在丛书的谋篇布局上，我们尽量选取各个时代具有代表性或深具普遍意义的若干事件加以叙述，使其能反映共和国发展的全景和脉络。为了使题目的设置不至于因大而空，我们着眼于每一重大历史事件的缘起、过程、结局、时间、地点、人物等，抓住点滴和些许小事，力求通透。

历史是复杂的，事态的发展因素也是多方面的。由于叙述者的视角、文化构成不同，对事件的认知或有不足，但这不会影响我们对整个历史事件的判断和思考，至于它能否清晰地表达出我们编辑这套书的本意，那只能交给读者去评判了。

这套丛书可谓是一部书写红色记忆的读物，它对于了解共和国的历史、中国共产党的英明领导和中国人民的伟大实践都是不可或缺的。同时，这套丛书又是一套普及性读物，既针对重点阅读人群，也适宜在全民中推广。相信它必将在我国开展的全民阅读活动中发挥大的作用，成为装备中小学图书馆、农家书屋、社区书屋、机关及企事业单位职工图书室、连队图书室等的重点选择对象。

编　者
2010 年 1 月

一、决策规划

二、设计招标

三、施工建设

一、 决策规划

● "引洮上山" 工程由于方方面面的原因而被迫停止了。引水灌溉陇西的梦想仍然没有实现。干旱，也依然是黄土高原人民一个可怕的梦魇。

● 1958 年，甘肃省委二届八次全体委员会议作出决议：引大通河水工程争取 1959 年秋季开工。但随后不久的三年自然灾害，使得工程难以实施而被迫搁置下来。

● 李子奇说："引大入秦工程是我省最大的世行援建项目，是改革开放的产物……"

大胆提出引洮河水上董志塬

1956 年，甘肃省定西地区为贯彻《农业发展纲要四十条》，提出引大通河入秦王川的设想。并从此开始了从大通河上游青海省的克图至永登县武胜驿的三次引水线路的勘测，直到 1958 年才结束。

与世界上其他地方相比，黄土高原就像一个独立的地方，多年来，人们对它的印象一直是干旱的土地上生长着小麦、扁豆、洋芋等矮小的作物。家家都还在使用着一把由祖辈传下来的木犁。年年用毛驴驮粪往山地里送。起床是按公鸡的报晓声，人畜饮用的水贮存在地窖里，戴草帽不是为了防雨而是为了遮阳。

在这里，有的人一生都没到过县城，也不知道县城在哪里，孩子一出生就订下娃娃亲，生怕长大了找不到对象。

每年都有大量外出乞讨的人，他们客死他乡后要把尸体烧掉，让灵魂回到故乡。

当有的学生看到从月球上拍回的地球照片，说地球是一个蓝色的星球，水域占了地球的大部分面积，他们觉得很不理解：为什么我们的家乡一直是干旱少雨的？

中国的大西北，存在着大片大片的沙漠：塔克拉玛干、巴丹吉林、准噶尔和腾格里。水，对广袤的荒漠，就像一个天国的梦境一般。

位于腾格里沙漠、毛乌素沙漠东南侧的黄土高原，被南北走向的六盘山拦腰分割为两个黄色大块。六盘山以东的一块被称为陇东高原，六盘山以西至乌鞘岭脚下这一片称为陇西高原。

一望无际的梁、峁、沟、谷，被一片片流水切割得支离破碎。

在这里，年平均降水量 410 毫米，仅为广东年降水量的四分之一，但是，年平均蒸发量 1500 毫米以上，为年平均降水量的 3 倍多。

在这里，太阳的年辐射量每平方米 5700 至 6500 兆焦耳，过于充足的高原阳光，给黄土高原制造了强烈的干热气候，使得厚厚的黄绵土其养分和水分含量很低，而土壤有机质矿化率却很高，难以积蓄，黄土高原成了低产土壤。

而且，从历史上看，瘟疫、兵匪、苛政苛捐也给这里的人民带来不少灾难。但更多、更频繁的灾难，还是干旱导致的大生大死的悲剧。

在陇西大地，从乾隆元年到乾隆七年，有 5 年是大旱。以至于多年竟然颗粒元收，饿殍遍野。

《通渭县志》说：

> 明嘉靖七年，巩昌府各县大旱，民大饥，食草茹木，人相食。

明崇祯十三年大旱。五月至七月，每晨天红如赭，秋大旱，饥，十月粟价腾贵，斗米300钱。次年春，价至10倍，绝粜罢市，树皮石面皆食尽，父子、夫妇相割啖，十死八九，道殣相望。

另外，《巩昌府志》和《陇西县志》中，也有对清朝及民国时因旱灾而造成的民间巨灾的描述。

干旱，成了黄土高原人生悲剧的代名词。

清代的巩昌知府张如镛在他的《陇西八景》诗中写道：

谁挽珠江水，飞来散作帘。

在张如镛的心目中，想挽珠江水以润泽陇原，这的确是一个美丽的想象。

但是，珠江遥远，黄河却近在眼前，而且除了黄河，陇西还有洮、渭、泾、大夏、大通等河流经黄土高原和甘肃大地。

但是，在科学技术不发达的旧中国，要想把这些河流的水引来灌溉黄土高原，的确是个难题，首先是如何提高水位的问题。

从明朝嘉靖年间的段续戽水浇田，到民国时候的卖房毁家修渠，都没有从根本上解决陇西人民的干旱问题。

新中国成立以后，甘肃水利建设的新时代开始了。修渠、筑坝、凿井、打水窖、冰山取冰……

人民大众付出了可歌可泣的奋斗和牺牲，但都是从局部缓解了一下，没有解决根本问题。

1957年12月13日，定西专署农业基本建设局局长梁兆鹏曾经作出一个计划：

把黄河水引到靖远县旱坪川发展水浇地。

但是，负责勘察的老陈后来向梁兆鹏汇报说：

根据水位高程，引黄河水到旱坪川的渠线必须经过兰州市区，而经过兰州市区在理论是不可能的。

梁兆鹏只好放弃了这个计划。

1958年2月11日，中共甘肃省第二届代表大会第二次会议在兰州结束，会议作出了引洮河水上董志塬的计划。

把洮河水引到董志塬。从引水地古城到董志塬，落差700米，灌溉西到洮河，北至黄河，东至白莲河，南至渭河和泾河，横跨陇西、陇东两高原。

1958年6月17日，水库大坝枢纽工程在古城举行开工典礼。

随后，将近 20 个县的 16 万多名干部和民工，浩浩荡荡地开往引洮工地。全省 1260 万人民，无不为"引洮上山工程"而欢欣鼓舞，纷纷为"引洮上山"作奉献。

会宁县的群众在 3 天之内捐献了铁锅、蒸笼、案板等 8000 多件。儿童们在共青团甘肃省委号召下，广泛开展了支援活动，他们变卖废铜烂铁、头发废纸，还有猪鬃之类，还用天真的双手制作了 2000 多盏小油灯，送到民工的窑窝里。

陇西县的青壮劳动力都上了引洮工地，县上大大小小的工厂多由老弱妇孺干活。

在会川工程指挥部的山崖上，刻写着朱德为"引洮上山"工程的题词：

引洮上山是甘肃人民改造自然的伟大创举。

后来，"引洮上山"工程由于方方面面的原因而被迫停止了，引水灌溉陇西的梦想仍然没有实现。

干旱，也依然是黄土高原人民一个可怕的梦魇。

提出引大入秦方案构想

1965 年，甘肃省水利设计院，勘测庄浪河流域和秦王川部分地方。

1970 年，省水电局一总队会同兰州市及永登、皋兰两县技术人员，全面勘测秦王川的水土资源。

1972 年，完成《甘肃省秦王川地区水利规划报告》。该规划报告分为引大入秦和调庄入秦两部分，经对两河水量、水质比较，确定引大入秦为规划采用方案。

干旱缺水，是制约甘肃农业发展的最突出问题，特别是中部干旱地区，缺水成为贫困的主要根源。自古便有"陇中苦瘠甲天下"的说法。在这片土地上，祖祖辈辈都在想水盼水，如何把天上水、地面水、地下水充分利用起来，是他们的心愿。如何找水、蓄水、引水是他们持之以恒的行动。

兰州以北 60 公里的地方，有一片面积达 1000 多平方公里的土地，这里就叫秦王川。

公元 617 年，时为隋炀帝大业十三年。神州大地，烽烟四起，反隋的旗帜飘扬在黄河和长江两岸。第二年 4 月，金城校尉薛举率众反隋，自称西秦霸王，建立了自己的年号曰秦兴，后攻占天水，把都城从金城迁到了天水。

决策规划

由此，可以想见，薛校尉起事之初，秦王川是他一个开阔的练兵围场，也是往西进军的必经之路。西秦霸王在这一片荒凉土地上演出过什么轰轰烈烈的事业，已无史可考。

千余年后，这片曾经沸腾的土地和一个浩大的工程连在了一起。

秦王川原来有个秦王庙，庙址在秦川乡五道岘村。这是秦王川的地理中心，也是永登县秦川乡政府所在地。

据当地老人介绍，秦王庙周边的很多建筑都是 1958 年时拆毁的。

老人还说："过去在秦王川里有很多庙宇，几乎每个村庄都有龙王庙。对于干旱少雨的秦王川来说，很长一段时间里，人们把有关土地的种种祈求完全寄托在龙王爷身上，希望龙王显灵，庇佑来年风调雨顺、五谷丰登。"

亘古荒原束缚了人们的手脚，千百年间守着广袤的干旱土地。种砂田，吃窖水，"拉羊皮不沾草，风吹石头满滩跑"是这里的真实写照，生存条件的艰苦令老百姓难以安居乐业。

在陇西高原，若论砂田之最，当数秦王川。以致有些考据家的文章称它为砂田的发源地。

于是，有耕作的人发明了铺砂造田的方法，以使干涸的黄绵土保持一丝潮润以养作物。

当地有一首民谣唱道：

压砂田，刮金板。

它是农民的牛皮碗。

一个石头四两水，

砂田保墒晒不绝。

砂石就这样铺了起来。新砂田压老砂田，一层层地沉埋，密密实实地覆盖着干旱贫瘠的土地。一代接一代，从古铺到今。

而在秦王川西南方向，横隔着100多公里的崇山峻岭，便有发源于祁连山脉木里山的大通河。河水滔滔，日夜不息，由青海流经甘肃境内汇入湟水，成为黄河的二级支流。年流量25亿多立方米，水量丰沛，水质良好。

从近代开始，一些有识之士就不断在勾画引水蓝图。

据《永登县志》得知：

引水灌溉秦王川的设想，始于20世纪初。清光绪三十四年三月，陕甘总督升允委派皋兰籍绅士王树中，偕同朱仲尊、薛立人等到今天祝藏族自治县松山一带察看红嘴河、黑马圈河，想引水入秦王川。

王树中经过实地考察回来，拟了一个引大通河水入秦王川的修渠灌田方案，呈报升允。

由于工程浩大，需要巨大的资金投入，再加上政局动荡，国库空虚，终因"川原深且重，形式殊悬隔。有如龙门山，神禹凿不得"而作罢。

"民国"二十九年和三十年，即 1940 年和 1941 年，南京政府经济部勘测队和黄河水利委员会，两次勘测引庄浪河水入秦王川工程，并拟定出《庄浪河暨秦王川查勘报告》及《秦王川渠工程计划书》。

"民国"三十三年，甘肃水利林木公司武威工作站第三次勘测"引庄入秦"工程，提出《永登县秦王川查勘报告》。由于水源、地形、技术、费用等原因，所作计划未能实施。

新中国成立后，引水的设想摆上人民政府的议事日程。1956 年至 1960 年，定西地区、甘肃省水利厅都先后派人进行了勘察设计，提出实施计划。

1958 年，中共甘肃省委二届八次全体委员会议作出决议：

引大通河水工程争取 1959 年秋季开工。

但随后不久的三年自然灾害，使得工程难以实施而被迫搁置下来。

引大入秦工程两上两下

1970 年以后，甘肃连续几年大旱，永登、皋兰的干部群众又提出引大入秦的要求，甘肃省水利部门和兰州市组织技术人员经过几年的勘察设计和论证，于 1975 年初向甘肃省委提交了引大入秦工程重新上马的报告。

早在 1973 年 12 月，省水电设计院完成《甘肃省引大入秦工程初步设计报告》。

甘肃省委书记宋平力主工程马上进行，认为这是解决秦王川用水最好的水利工程。

为了科学决策，1975 年一开春，宋平便带领省水电局局长王钟浩、副局长陈可言及有关专家，实地踏勘引大入秦工程线路走向。

在当时，专家们提出两条方案，一是沿山修渠，打洞虽少却线路长，地形复杂，运行后维护困难；再一条是走捷径，穿山打洞，线路短，运行时容易维护，但施工技术要求高。

经过多次论证，大家选择了由青海天堂寺打山洞引水的方案。

同年 9 月，省委常委会研究了引大入秦工程问题，确定继续做好前期准备工作，并正式向中央提出报告。

1975 年 12 月，水电部委托黄河治理委员会组成审查小组，召开现场审查会议，会议同意兴建这项工程。根据审查意见，省水电设计院对总干渠高、中、低 3 条引水线路，进行技术、经济比较和论证，对灌区规划作出修改和补充。

1976 年 1 月 24 日，在经过相关部门审查后，国家计委正式复文同意兴建引大入秦工程。

1976 年 6 月 4 日，省委常委会讨论批准了"引大"工程尽早开工，决定由兰州市组织实施。

1976 年 10 月，省水电设计院完成《甘肃省引大入秦工程修改初步设计报告》，选定天堂寺引水高程 2256 米的总干渠引水线路。

同年 11 月，省建设委员会在兰州主持召开由水电部、黄河治理委员会等 30 多个单位参加的引大入秦工程修改初步设计审查会议。

会议认为，天堂寺引水线路比较合理。后经过多次局部调整，确定总干渠长 87 公里。其中隧洞 33 座，长 75.14 公里。规划引大入秦工程灌溉面积 86 万亩，其中秦王川盆地为 57.11 万亩，总干渠沿线 4.3 万亩，庄浪河沿岸 4.86 万亩，东山丘陵区 14.34 万亩，北川丘陵区 2.98 万亩，秦王川盆地东南部 2.41 万亩，其中包括提水灌溉面积 16.5 万亩。

1976 年 11 月 25 日，在永登县河桥公社沙沟口隆重举行工程开工典礼，人们企盼已久的引水工程进入了实施阶段。

但是，当初对工程实施的难度考虑不够充分，将这样一项浩大工程确定为"民办公助，土法上马"。当时，上千名农民分段作业，依靠钢钎打眼放炮，铁锹镐头挖洞，车拉肩挑运土，天当房地当床，一把干粮一口水地苦干。山区地理环境复杂，原始施工方法十分缓慢。

1976 年至 1989 年 13 年间，才挖了不到 15 公里的洞子。

大自然的无情，给满怀信心的施工者泼了一头冷水。一位作家这样描写民工们的心理：

> 想"引大"，盼"引大"，上了"引大"很害怕。

与此同时，开工不久的"引大"工程，很快就遇到了资金困难、技术困难的问题。

经省委研究，认为如此浩大的工程由兰州市负责的确有困难，决定于 1978 年底移交省，由省政府组织成立引大入秦工程指挥部，具体负责施工。

其后，建设者们在极其恶劣的环境中，克服重重困难，坚持施工，创造条件，完成了工程前期的通电、通水、通路和施工房屋修建等各项准备工作。

1980 年，国民经济进入调整时期。国家要求大力压缩基本建设，"引大"工程再次陷入困境。

中共甘肃省委第一书记宋平作为引大入秦工程的主要决策者，为之倾注了许多心血，曾 12 次亲赴工程现场视察，15 次提出重大意见和建议。

决定引大入秦再次上马

1984 年春，全国人大六届二次会议时，宋平已经调任国家计委主任，他对甘肃省省长陈光毅提出了"引大"工程应当继续的想法。

当年 8 月，省计委、省两西建设指挥部向国家计委上报了引大入秦灌溉工程项目建议书，恳请国家批准该工程复工，列入"七五"计划，并准予申请世行贷款。

1987 年，甘肃省向国家计委报送《甘肃省引大入秦灌溉工程可行性研究报告》，12 月 12 日，国家计委批准确认工程总概算为 10.65 亿元，工期 7 年；并同意向世界银行贷款 1.23 亿美元动工兴建。

1987 年 9 月，经过各方面的准备，引大入秦工程全面复工。9 月 14 日世行贷款签字生效。工程利用世行贷款 1.23 亿美元，同时内配资金 4.56 亿元，两项概算为 10.65 亿人民币，为工程建设提供了资金保障。

世行贷款落实后，根据贷款合同要求，"引大"总干渠的主要工程在国际、国内进行公开招标。采用"菲迪克"国际工程管理办法进行施工。

最终日本国熊谷组承揽了 15.723 公里的盘道岭隧洞，意大利 CMC 公司承接了 11.65 公里等两条隧洞的开凿，澳大利亚雪山公司中标提供技术咨询监理，还有国内的华水公司，铁道部第一工程局，铁道部工程建筑总公司第十五、第二十工程局等 17 个地级以上建设工程部门中标参加会战。

1989 年 7 月 26 日省委、省政府在永登召开现场办公会，四大班子领导与相关部门人员再次考察现场，讨论方案。

这一天，中共甘肃省委、甘肃省人民政府在永登召开了引大入秦工程专题会议。

省主要领导李子奇、贾志杰、阎海旺、张吾乐、葛士英和黄罗斌、李登瀛等老同志亲自参加会议。这表明了省委的决心，也说明省委、省政府的领导班子在这个问题上有着统一的认识。

会上，李子奇代表甘肃省委向全省人民宣布：省委决定加快"引大"工程建设。李子奇说：

> 引大入秦工程是我省最大的世行援建项目，是改革开放的产物。这项工程干好了，就会进一步提高甘肃在国内外的声誉，为以后开发河西，兴建疏勒河、引洮等大型水利工程，提供继续开放，争取外援，发展农业的经验和条件……

李子奇在讲了工程对甘肃农业发展的重要战略意义，讲了工程要全面引入竞争机制，要引入 80 年代的第一流水平的施工技术，要严格执行合同管理等问题后，他慷慨激昂地说：

现在，已经不是上不上，干不干的问题，而是非干不可，干得更好、更快，干到底的问题。我们现在只能前进，不能停顿，更不能后退。这个决心省里已经下定了。

"引大"开始于 20 世纪 70 年代，由于当时条件所限而未能搞成。然而，当年决定搞"引大"的宋平却把一个严肃的问题留给后来的领导："引大"能不能上？

1983 年，李子奇担任省委书记，第二年他就来到大通河，从盘道岭一直走到天堂寺，详详细细看了当年工程留下的东西，对工程的渠线、设计等方面情况进行深入了解。

1985 年，李子奇第二次来到大通河……两次考察，使他坚定了一个看法：宋平同志搞"引大"工程是正确的。

李子奇想到："甘肃的农业很落后，农村生活很苦，作为省委领导，究竟怎么改变甘肃的这种现状？怎么样排除落后与困苦的阴影？必须上一些骨干工程。"

有人说："甘肃这么困难，把几个钱都用在几大工程上，挤了其他项目行不行？"

有人说："你把'引大'工程干成，我跳黄河去！"

但，如果不干，那么"引大"还放着，放到何年何月去？

李子奇终于下了决心：上。

3 天里，与会者达成共识：

> 引大入秦工程已不是干不干的问题，而是"骑虎不下，背水一战"，非干不可，干得更好、更快的问题。

会上，省长贾志杰的讲话，感情激昂，声调悲壮：

> 引大入秦工程不仅具有重大的经济意义，而且具有重大的政治意义……如果万一搞不好，再来个几上几下，我们就会失信于民……成败在此一举。

葛士英在 20 世纪 60 年代当过河西水利总指挥，后来还当过两西指挥部总指挥，对甘肃的水情旱情了如指掌。在会上，他把"三大战役"讲得绘声绘色，生动感人。还即席朗诵他的诗作：

> 凿穿祁连七十里，引大入秦灌良田。
> 秦渠唐徕言无比，李冰父子亦黯然。

会议决定，成立甘肃省引大入秦工程协调领导小组，省长贾志杰担任组长，省、市相关领导及厅局负责人为小组成员，主要协调解决工程建设的重大问题。

新组建的引大入秦工程建设指挥部归省政府直接领导。实行"计划单列，资金直拨，物资直供"，一切权力交指挥部。

省委常委韩正卿出任总指挥，华镇、严世俊、王增祥任副指挥，姜作孝任党委书记，张豫生任总工程师，顾其浩任副总工程师。

1989年阴历正月初八，李子奇把韩正卿召到他的办公室，然后说："看来，扒拉过来，扒拉过去，非你去不行。"

话才破题，还没点明去哪儿，韩正卿已猜着是咋回事了。

接着，李子奇语重心长地对韩正卿说："这个工程省委下了决心，工程艰巨，没有退路。"

韩正卿向省委领导立下了军令状："骑虎不下，背水一战，完不成任务，解甲归田。"他坚决地回答："定了我就去，地狱也得下。"

韩正卿说："工程两下三上，任务的艰巨性不用多说，光是领导就换了多少任，可以说是个'老虎'。当时不少人劝我不要接这副担子，免得吃力不讨好。我在民乐当书记时，总结了个'三蛋'精神，就是'要干就当铁蛋，干死了完蛋，干不好滚蛋'。只要没有私心，豁出去没有克服不了的困难。"

这次会议成为引大入秦工程建设的重要转折点，自此全省上下通力合作，建设者投入了艰苦的奋战之中。

韩正卿深有体会地说："甘肃的农业，首先要在水字上做文章。像决定中国民主革命胜利的三大战役那样，一仗一仗地打。"

会议之后，韩正卿以"背水一战"的气概，精心组织，严格管理，科学施工，促工程建设迅速走上正轨。

刚一到任，韩正卿便深入各个工区，经过 100 天的全面调查，亲自制定了十章七十条的《工程管理大纲》，从人员管理、施工设计，到合同签订、物资采购等一切都严格照章办事。

韩正卿多次对身边的干部说，廉洁自律要抓紧，不能建一个工程，"赔"上一批干部。"引大"所需的一切物资采购，严格遵守"菲迪克"管理办法，采用国际招标进行，一分钱都不能胡花。

历届省委、省政府对发展水利事业，解决甘肃农业发展的根本问题锲而不舍，这是"引大"取得成功的重要条件。

同时，没有改革开放就没有"引大"。首先有了好政策，人们的思想解放了，敢想敢干了。其次，没有改革开放不可能引进资金，不可能引进最先进的机械设备和最先进的技术。

"引大"工程建设充分体现了"人一之，我十之，人十之，我百之"的甘肃精神，有条件要上，没有条件创造条件也要上的铁人气概。

韩正卿说："人总是要有一点精神的，人也是最活跃的生产力要素，这在'引大'建设中再次得到验证。上到高级工程师，下到场地作业人员，冰天雪地住简易工棚，干粮咸菜是家常便饭，在施工高峰期，每年都有100多天的大会战，大家放弃了节假日休息，为加快工程进度，每个人都作出了贡献。"

"引大"实行国际招标后，国内外几十家承包商同时施工，荒凉沉寂的大沙沟顿时成了"联合国大院"。咫尺之间，有舒适别致的欧洲式别墅，布局合理的日本作业所，也有因陋就简临时搭起的窝棚和木板房，蓝眼睛黄头发和黑眼睛黑头发们虽然语言阻隔，但黑眼睛们还是从蓝眼睛中感觉到了那种居高临下的傲慢。

民族自尊心、自信心被唤醒了。

中国施工人员在心里暗暗憋着一股劲：

要为中国人争气！

于是，一场没有裁判的角逐开始了。

二、 设计招标

● 没有路的地方，才是他们的路。为了能给秦
  王川那片焦土上生活的农民，多浇一亩地，
  尽量尽量地多浇一亩地，他们在冰天雪地里
  寻找着那条理想之路。

● 世界银行把在中国消灭贫穷的重点放在西北
  地区。因为世行看待中国的西部就像世界上
  的南部非洲一样。世界银行对地球上这一块
  黄皮肤人种生存的贫困地一直投入关注的
  目光。

● 郑载福、张豫生发现日本人对盘道岭有着特
  别浓厚的兴趣。而且在 3 个投标公司中报价
  最低，两人有点迷惑不解。

早期勘测引大入秦工程

1956 年，甘肃省农林厅水利局提出把大通河引到秦王川的计划之后，勘测这条引水渠的工作就立即展开了。

水利局工程师陈宝珍首先受命勘察这条水路，他带着一支勘察队，到永登秦王川看过那一片广大的旱川之后，又跨过庄浪河往西南前去看大通河。

黄土高原上的人们，大都看惯了浑浊的泾河，也看惯了掺和着从黄土山地冲刷黄土而变得发黄的渭河。但人们不会想到，在甘肃大地上，竟还会有大通河这样一条如此清澈的河流。

弯弯曲曲的流水，从那色彩斑斓的河床流过，仿佛透明的纱一般薄软轻柔，似乎这里从远古至今从来没有受到过黄土运动的干扰。

大通河把青藏高原和黄土高原划开了一条明显的界线，把中华民族对于行政版图的占有划开了一条界线，也把气候的干冷和温湿划开了一条界线。

大通河两岸有稀疏的村落和小镇，有一座一座吊桥把险峻的崖岸联结起来，山头的藏民插箭的箭垛还显示出佛法僧三宝的威严存在。

大通河沿岸，一道道篱笆墙围堵起的小院里，掺和了河西屯子和青海藏族的土楼特色的木石结构的小屋紧紧地镶嵌在高高耸立不见峰顶的青山脚下。

一垛垛的柴草，一架架的橼檩和插在陡坡似的石板小院里的篱笆墙，就像悬挂在绿色山崖上一样。

一架架吊桥连接着从篱笆墙伸出来的小路，把小屋和外面的世界沟通起来。

天堂寺就在大通河的上游，它是一个小镇，属于甘肃省天祝藏族自治县管辖。

临河的村镇一条街道贯穿东西，居民房屋高低错落，带着浓厚的藏族居民风格。但从街上看，近街的房屋都是高高的土围墙遮掩着，只有一些树木伸出墙头。

天堂寺是镇上一座藏族黄教寺院，早晨的太阳从阴门山升起，万道金光照耀着佛殿上的阴阳鹿和法轮，轻风吹拂着悬挂于寺院中的红色白色印上经文的长幡，一个个巨大的经轮在人们的手中拨动着。

踏勘队翻越了数十座高山，越过无数的沟涧，来到了大通河附近的天堂寺。

大家粗略一算，如果把大通河水从天堂寺引到秦王川，再建起网络似的干、支、斗、毛渠，形成一个灌溉系统，这些大大小小的渠道纵横达 700 余公里。

由于当时的大通河还没有公路，陈宝珍他们是骑着马走完这一段路程的。

沿途地势异常险峻，地质条件复杂，而且当时的技术水平不高，大家在这条渠线上，每走一步，都要克服无法想象的困难。

陈宝珍回水利局之后，写了一封长长的报告，否定了这个设想。

1958 年，定西地区水利局派技术员陈怀德率领一个小组，对引大入秦线路又进行了大量的勘察测量。

由于条件异常艰苦，测量人员中有些人闹情绪，他们丢下工作回去了。

但陈怀德并未因此而罢休，他继续进行艰苦的勘察。但是，由于他引用的资料有很大误差，结果算错了高程，也得出了一个否定的结论。

重新勘测引大入秦线路

1970 年，甘肃遭遇新中国成立以来最严重的干旱，尤其是永登、皋兰两县。

在甘肃省水电设计院的会议室里，设计院的领导和专家们，邀集兰州市，永登、皋兰两县有关人员讨论如何解决两县的严重干旱问题。

皋兰是兰州水车的发明者段续的故乡，与永登相邻。而一片百里的秦王川，却把两个县 10 多万生灵陷入困厄之中。

农民们在田里铺了一型刀扎不透的沙子，但仍然抵挡不住酷热的毒日头，有孔生命最宝贵的水分被从巴丹吉林、腾格里以及毛乌素三大沙漠刮来的干热风带走。

这场关于永登、皋兰干旱问题的讨论，一直持续到了 1972 年，但人们都没有提及大通河，也许是以前的两次踏勘把大家的奢望扑灭了。

他们提出了引庄浪河水到秦王川的设想。这个设想是在金嘴水库把水引到天祝县境内的华藏寺，提高水位，使河水回流到北边的秦王川。

但是，这一方案只可以灌溉 20 万亩土地，仅相当于秦王川面积的五分之一。而且庄浪河只有一小股水。大家讨论的结果是：此路不通。

这时，人们的思路开始转了一个大弯，又转到引大入秦上来了。

重新提出这一倡议的是甘肃省水电设计院的宋维光和王嘉珍。他们骑着马从天祝门河一直到天堂寺，由天堂寺开始沿河而下，跋山涉水，将沿途仔细看了一遍。

宋维光和王嘉珍回到水电设计院后，提出引大通河水是有可能的。

于是，甘肃省水电设计院任命总工程师谭绍材为队长，重新组织了一支队伍上大通河。

这一次，他们没有到天堂寺，而是在距离天堂寺20公里的大水池作为引水渠首，定下高程为2100米。

谭绍材是有名的水利专家，他定下的这个高程是有一定权威性的。

当谭绍材的2100设计报告出来之后，设计院的专家们有的表示赞同，有的提出看法。尤其是一些老工程师，他们认为地质条件差高程低了。

谭绍材设计的碎石沙土渠道比降为六千分之一，黄土渠比降为八千分之一，岩石渠道比降为五千分之一，隧洞为三千分之一。

这样一来，渠道坡度平缓，水头不够，将会有14万亩土地仍然无法灌溉，还必须在石井子做一个扬程为80米的电力提灌。

2100方案在人们的评价议论中搁置了三年之久。

1975年冬天，设计院又组织了一支勘测队伍上大通河去。全队共 16 个人，包括冯显德、杨思荣、王福滋、贾玮、赵宗仁、曹相云、王长有、卯长春、陈广寿、韩长跃、王耀亮、王书本，还有 3 名司机、1 名医生。

工程师冯显德是设计院生产组的负责人，也是这支勘测队伍的领队，他当年对 2100 线路提出的意见最多。

冯显德为了确证 2100 纵坡偏缓的问题，到城建局测绘局买到河谷段万分之一地图，他还怕不精确，又买到 1/5000 的地形图来研究。

这一天，冯显德和工程师贺志先、王福滋在水利厅三楼一个套间里，他们热烈地讨论去天堂寺的事情。而后向副院长王钟浩提出了建议。

在王钟浩的支持下，这个艰苦工作便落到了冯显德身上。

就在天寒地冻的一天，勘察队迎着凛冽的朔风出发了。

他们第一站到青海省门源县，门源是大通河上游的县城。从这里出发，翻越冰川雪峰穿过险恶峡谷，到了青海省漫达。

大家经过讨论，从这里引水，高程够了，但地处青海，又是少数民族地区，恐怕引水纠纷很难避免。于是又由漫达前往天堂寺。

他们在自己的测量日记上用冻僵的手，重重地记下了天堂寺这个高程。而后沿河而下，找寻他们心目中最完美最理想的一条渠线。

青藏高原的隆冬，只能用酷寒来形容。冷龙岭是一条冰川覆盖终年积雪的山巅。

严冬的大通河被白玉似的积冰封锁着，那被禁锢在冰下河道难以容纳的激流，不时愤怒地冲击着冰盖发出令人森然的冰裂声。

严冬摆在冯显德等人面前的，是一片白茫茫的冰山雪谷。他们不是平常的旅人，去到那平坦的道路行走；他们不是樵夫和猎人，不能藏身在浓密的松枝下躲避刺骨的风雪；他们是从没有路的地方寻找一条特殊的路。

有时，这条路在深深的大山腹中，而他们却要站在风雪迷漫的山巅测出那条穿山而过的水路。不能高，不能低。按照严格的经过千百万水利科学家研究出来的"比降"来行走。

没有路的地方，才是他们的路。为了能给秦王川那片焦土上生活的农民，多浇一亩地，尽量尽量地多浇一亩地，他们在冰天雪地里寻找着那条理想之路。

就在那 90 个严酷冬日中的一天，大雪铺天盖地下着，朔风卷着雪团从山谷冲上山顶，又从山顶落入深谷。

在这样的天气里，秦王川的农民也许正关严门户，坐在热炕头上，煮一锅热喷喷的洋芋，剥着吃着，从破窗纸里望一天大雪，希望下得再大再大，好给干渴的土地多留下一些水分。

而此时此刻，冯显德他们却正被大雪困在山上，已经有两天没有吃东西了。

带路的王长有带着一支步枪，他让大家跟在他后面慢慢走，他要打只野鸡、野兔什么的，解决大伙的饥荒问题。大伙离他近了，会惊走野物的。

这样大的风雪，连野牲畜都躲在窝里不出来。王长有走了好久好久，都没有找到猎物。

这时，王长有听见熊瞎子在呜呜叫着，他虽然拿着枪，但不敢和熊瞎子玩把戏。

记得当年陈宝珍工程师在否定"引大"的报告里，其中有一条就是这里野兽很多。野兽多了伤害人，他们只有一支枪，何况这枪是给饿了两天的人拿着，已无缚鸡之力了。

王长有躲开熊瞎子，冯显德他们远远地跟着。

突然，一阵狂暴的风雪向他们扑打过来，人睁不开眼，帽耳子和胡子茬上结满冰凌子，他们用胳膊遮护着眼睛艰难行走。

但是，等这阵暴风雪过去，大家发现王长有不见了。王长有是出了事还是把他们给落下了，大家十分着急。

面前，有一条陡峭的山沟，他们猜想王长有如果出事，很有可能掉下沟去了，大家便下沟来找。

他们刨开半人深的积雪，费尽力气，也没有找见王长有，就攀着崖壁上的松树，慢慢地上到山顶上，这是只能上不能下的陡坡，谁知上来的地方却不是原来下去的地方，大家把方向位置全搞错了。

谁也说不清他们现在在哪里，怎么样到他们的救助人员临时的营地去。就连 3 年前走过一次天堂寺的卯长春也记不得了。

下也下不去，回也回不了，饥饿在无情地折磨他们衰弱疲惫的身体。

赵宗仁是陕西人，毕业于西北动力学院，他扶了扶鼻梁上的近视镜子，这个总爱说他属狗的工程师，在饿得前胸贴后背时不断地念叨："有一碗羊肉泡馍多带劲。"

赵宗仁想吼几句秦腔，可是一张嘴就是满嘴风雪憋得喘不过气来。他心中陡地升起一股崇高的悲壮来，拔出藏式腰刀，在身边的大树上刻下这个悲壮的日子。

大伙都想说一句什么话，可是声咽气塞。

不知过了多少时间，不知他们又走到什么地方，他们听到了枪声，听到了王长有呼唤他们的焦急的枪声。

经过多少迂回曲折，最终历史没有辜负冯显德、赵宗仁他们。他们终于得出勘测结论：

引大入秦是可行的！

1977 年 9 月，省委第一书记宋平正式批准立项，引大入秦为甘肃省基本建设项目。

引大入秦工程争取世界银行贷款

1985 年，世界银行副行长欧内思特及夫人一行 10 人一来甘肃，就到定西地区考察，他们看了陇中农民的水窖，看了他们灵巧双手编制的草编工艺品。

引大入秦工程在争取世界银行的贷款之前，很长的一段时间，甘肃省委、省政府曾多方奔走筹资。

再上"引大"，资金短缺对甘肃这个贫穷的省份来讲成了最突出的问题。

水利部派一位有关领导到"引大"工程上来，做了一年工作，结论是这个工程不可能，一则隧洞工程巨大，二则面临世界性技术难关。

隧洞工程界认为，隧洞越长，技术难度越大。而"引大"的盘道岭隧洞 15.72 公里，比我国最长的大瑶山隧洞还长 1.4 公里，为世界上包括公路、铁路和其他隧洞在内的十大长隧洞之一。

根据资料，一般软岩隧洞最大埋深 250 米左右，而盘道岭隧洞最大埋深 404 米，世界上还没有人打过如此埋深的软岩超长隧洞。

因此，水利部当时没有下决心支持。后来，水利部钮茂生部长来到甘肃，他对工程的方方面面做了深入了解，深受感动，给"引大"支持了一笔资金。

当年，一个到中国西部旅行的美国摄影家，经过秦王川，拍了一幅照片，在美国《时代》杂志上发表了，题目为《今日中国之西部》，画面是一片荒原，低低的山丘草木不生，光秃秃一片惨白，在这荒凉背景上，一个老农民吆喝着毛驴车向荒原走去。

整个画面以及那表情麻木的老农和毛驴车，把西部的贫穷落后，无疑是浓缩式地突现出来。

可偏偏就是这个穷字，救了"引大"。

原来，世界银行有一项任务，就是支持世界一些贫穷地区减少贫困。

在当时，世界银行的无息贷款主要是用在支持南部非洲国家来进行消灭贫穷。按照它的标准，执行的标准是平均国民收入 420 美金以下的国家，可以得到软贷款，中国够得上这个条件。

世界银行把在中国消灭贫穷的重点放在西北地区。因为世行看待中国的西部就像世界上的南部非洲一样。世界银行对地球上这一块黄皮肤人种生存的贫困地一直投入关注的目光。

世界银行有三任行长到过甘肃考察。第一位是麦克纳马拉，第二位克劳森，第三位是卡耐波尔。卡耐波尔一上任，第一次到中国就来到甘肃。

世界银行的最高决策机构是执行董事会，这些董事们也很关心甘肃的贫困和建设。王连生当中国董事的时候就陪着 8 位董事到甘肃来访问。

世行对甘肃是非常重视的，他们对甘肃的多次访问调查，使得世行产生了一个决策，那就是中国消灭贫穷的样板，应当放在西北地区，而西北地区的重点就是甘肃。他们认为这项工程的成败，关系到世行工作在中国的成败。

1987年9月14日，在世行大楼18层会议桌上，中国人和外国人立下一纸借贷协议，得到了1.23亿美元的贷款。

有了1.23亿美元，甘肃省政府积极筹措了一笔内配资金。"引大"有了合人民币10亿多元的总投资，便以全新的姿态去迎接未来的挑战。

引大入秦工程进行国际招标

1987 年 9 月 14 日，西部人第一次按国际合同，即菲迪克条款，和世界银行签订了贷款协议，担保人是财政部。

同时，引大入秦工程的国际招标也正式开始了。

世界银行在对贫穷国家投入贷款的时候，同时规定：由他们贷款的工程必须实行国际招标。土木工程施工，必须采用国际通用合同。以此合同之规定标准一丝不苟地完成工程项目，如果达不到这个标准，世行将随时取消"引大入秦"项目。

省长贾志杰担任国际招标组长，下设评标委员会。

在永登县城东北角，几幢很不显眼的楼房围着一个水泥铺地的院子，大门上挂着"甘肃省引大入秦工程建设指挥部"的牌子，因为名称颇长，又要写得引人注目，一块白底黑字的牌子足有 3 米多。

在招投标的那 5 年时间里，这里大小汽车出出进进，夹着厚厚的标书、合同、外文条款、中文文件的领导们、工程技术人员，在大楼上上下下，来来往往。繁忙的指挥工作把生活的弓弦绷得紧紧的。

一份份用英文书写的标书从这里发出去，一件件咨询邮件从世界各地汇集到这里来。

办公室里，人们不约而同都使用着陌生而崭新的词汇：业主、承包商、咨询。

世界银行规定，这咨询属第三国。指挥部经过对国际咨询的确定，也用招标的形式选择世界上著名的咨询组织。

最后中标的是澳大利亚雪山公司做业主的顾问。国际咨询专家向业主负责，它不代表世界银行，但他们有责任把业主和承包商执行合同的情况定期报告世行。

还有什么违约责任、索赔啦，国际仲裁、法庭、投标保险啦，真是五花八门，不一而足。在招标办公室里，人们操起洋腔来，把这些新鲜的词汇念来叨去。

招标组负责人、引大入秦副指挥严世俊，是位水利专家，他在甘肃水利建设中领导过许多工程，他已习惯于计划管理和指令性工程施工。

对于这次严肃细致的国际招标工作，严世俊却是首次接触，因此不习惯，陌生以及一个又一个的难题接踵而至，而且差不多都带点国际性。

严世俊忙得不可开交。马拉松式的合同谈判会议，一会儿要陪承包商到工程现场考察，回答他们提出的每一个问题，一会儿又要出国去谈判。

招标办公室里，英文标书合同等文件堆积如山，严世俊常常不得不彻夜阅读、修改、研究，真是到了魂牵梦绕的程度。

严世俊的妻子在兰州病重住院，他也难得守在她的

病榻前，尽一份丈夫的关照。他把全部心力投入到工作上。

对于严世俊和"引大"指挥部的领导们，面对的一个严峻的课题，首先就是要吃透那10多大本共计4500万字的蓝皮书、合同。不吃透就谈不上熟练地运用。

严世俊有胃病，这可以说是水利工作者的职业病。长年累月的野吃野住，生冷不拒，没有时间就医和休息，使他的胃溃疡越来越严重。

而招投标又是无度的繁忙与紧张。严世俊的胃，简直不敢纳入一口饭菜。根据医生说的和口头流传的民间偏方，他只能吃烤焦的干馍片。他向厨房里嘱咐过，每顿饭给他烤几片干馍，而且越焦越好。就这样他每顿饭都是一碗稀饭、几片焦煳的干馍片，吃下去又投入到工作的苦累繁忙中去。

同事们看着严世俊的脸，都劝他多休息。可谁都明白，这不过是一句空话，他能休息得下吗！

副总工程师赵宗仁虽然也累、苦、忙，但他心里最激动。他想起12年前，他们勘测这条引水渠线，在暴风雪中死里逃生的情景。

从那时开始，引大入秦工程几上几下，终于以全新的姿态开工了，这个苦、累、难来得多么不容易，整整盼了12年啊！而赵宗仁又成了这次行动先锋官，他感到从来没有过的幸福和激动。

赵宗仁说："一个人的生命是短暂的，在短暂的一生中，能干一件轰轰烈烈彪炳旻册的丰功伟业，实现了足慰平生的愿望，用生命的辉煌结束这个世纪而迎接21世纪的辉煌。一个从事祖国水利享业的人，还有什么能比这更幸福的呢？"

赵宗仁曾经参加过景泰黄河电力提灌工程，为项目负责人。"引大"再次上马，他即被调来担任副总工程师、合同处处长，招标工作理所当然地搁在他的肩上。

赵宗仁和严世俊也对这些洋玩意一样的手生，也是从不习惯中艰难地迈着步子。

赵宗仁要亲自编发出去的标书，凡是参加招标的承包商，要一一进行资格审查：这家公司资金怎么样，账户银行是哪国哪家的，有无外债，有什么技术条件。

这些不能光听承包商介绍，得一一调查落实。这些弄清楚后，合格的就发通知，让他们参加招标会，不合格的就不通知。

除此之外，总长674.95公里的渠道，分成一个一个的项目，计算出它的具体工程量、单价、材料。从一方石头到一根钢筋，买哪国哪厂的都要定下来。用美元、法郎，还是人民币都要算出兑换比率。

赵宗仁整天埋头在办公桌上摆的那几部上千万字的合同文件中，翻呀翻，也的眼睛瞅花了，扶一扶近视镜继续看。

再苦再累，他们都能挺得过去。他们要给"引大"招来最棒的承包商，用他们的先进技术和设备、先进的管理来装备"引大"。

指挥韩正卿差不多在每一次会议上都以坚定的声音说："我们'引大'人要当勇士，不当懦夫，不管吃多大的苦，都要千方百计把引大入秦工程建设各方面的工作干好。"

《中华人民共和国甘肃省引大入秦灌溉工程总干渠国际招标合同文件》的第一部分"概述"中写道：

> 中华人民共和国政府正为甘肃省向国际开发协会和国际复兴开发银行分别取得相当于 1.5 亿美元的各种外币信贷和 2000 万美元的各种外币贷款。

这份招标文件一经发出，便有 16 个国家的工程公司报名参加投标。他们都是承建过或正在承建世界重大工程的公司，对于改革开放的中国市场既陌生而又十分感兴趣。

日本熊谷组很有代表性。熊谷组是一个民间的工程建设有限公司，它是对"引大"工程最感兴趣的公司之一。在投标以前，光考察团就派来 13 次，对投标环境了解得十分清楚。

改革开放初期，日本的电器、汽车、电子计算机等高科技产品，已如潮水一般涌进中国市场。日本丰田汽车制造厂有一句著名的广告用语："哪里有路，哪里就有丰田车。"

日本的工程公司，也很想打开中国市场。熊谷组便是其中一个强劲的竞争对手。他看到了引大入秦是一个十分艰巨的地下工程，谁能拿下这个工程，谁就能在中国站住脚跟，打开局面。

熊谷组看中的偏偏是盘道岭隧洞。

1976 年，"引大"上马第一仗就在盘道岭打，打了 3 年，成千上万的民工才打了 946 米。

按这样计算，15.723 公里要打 40 多年才能贯通。而且打的过程不断塌顶死人。40 年谁等得住？40 年，这一代人早已在地球上消失了。

熊谷组带的是悬臂式掘进机。这种机子，中国没有。中国也没有他的盘道岭隧洞使用的激光导向和自动化掘进控制系统。

谈判是在兰州饭店进行的。日方谈判代表海外部副部长青山朝雄和前田恭利。中方谈判组长是郑载福，副组长张豫生。这两个谈判代表，一个是水利厅副总工程师，一个是设计院副院长，甘肃省的权威专家。

郑载福、张豫生曾陪同前来投标的一家美国公司来看盘道岭，美国人被盘道岭复杂的地质条件吓退了。而现在同熊谷组接触，发现日本人对盘道岭有着特别浓厚的兴趣。而且在 3 个投标公司中报价最低，两人有点迷惑不解。

一天上午，郑载福和张豫生决定探一探熊谷组到底葫芦里卖的什么药。

郑载福说："青山朝雄先生，前田恭利先生，我再一次向两位说明，盘道岭的地质条件极为复杂，隧洞最大埋深404米。你们考虑过施工的困难没有？"

青山朝雄不假思索地说："我们熊谷组每年在世界各地打隧洞几十公里。对于贵国西部黄土高原的所有地质，我们是有充分准备的。至于支护工程，我们完全负责，请你们放心吧！"

张豫生说："既然如此，这个问题就由你们完全负责了。是否可以形成一个文件给我们。"

青山朝雄说："好，我们会将我们的承诺以文件形式送来。"

"那么外汇比率呢？"张豫生接着提出一个问题，"我们的意见是，为了便于工程结算，日元对人民币的兑换比率一次定死，不再变更。"

青山朝雄也爽快答应了："可以。"

张豫生提醒说："这样，如果汇率上浮，你们会吃亏的。"

青山朝雄说："对汇率上浮的问题，即使赔一点也无所谓。"

郑载福又提出，承包价一次总价定死，再不变更。

青山朝雄也答应了。

长达一年的中日盘道岭合同谈判终于成功了。盘道山邻隧洞日本人以6200万元人民币总价承包。

两家的代表在举杯祝贺声里，在合同条款上签字。同时法律就把一个"债"字加到附件上去。熊谷组和"引大"指挥部共同套在一条锁链上，从此要同台唱一出好戏了。

　　合同签字墨迹未干，54 岁的青山朝雄就透露了他的苦衷："现在我可以告诉两位了，我们的海外部部长大塚本夫警告我，如果我中不了这个标，我回去就会被解雇的。这一下，我真放心了！"

　　自从日本熊谷组的青山朝雄拿到这份合同后，熊谷组在中国的威名大振。他们打出了招牌，接连在中国中了几个标，北京京广中心大厦、北京游乐园、王府井饭店等等。在深圳市区，熊谷组的名字写在巨大的广告牌上竖在大楼前。

　　指挥部国际招标委员会看中的第二张投标书是意大利 CMC 公司·华水联营体。

　　在他们的投标书的附件里，说明他们采用的是美国休斯敦罗宾斯公司造双护盾全断面 TBM 掘进机。这种掘进机，在英吉利海峡海底隧洞使用过，在苏伊士运河下的公路隧道使用过，在瑞士日内瓦的欧洲原子能中心的加速器和在苏联的西伯利亚的主要河流改道工程使用过。

　　和意大利人的合同也很快签订。

　　通过 5 年的国际、国内公开竞争招标和认真评比，最后由日本熊谷组，意大利 CMC 公司，中国华水公司，铁道部第一工程局，铁道部工程建筑总公司十五局、十六局、十八局、二十局，水电部第四工程局，甘肃省水电工程局和地县工程队共 20 余家施工单位中标，形成了一场规模空前的"国际凿洞大赛"。

"引大"指挥部党委副书记景维新是位书法家，他看到无数辛劳的日日夜夜，终于迎来意、日、中国和澳大利亚等多国部队共引一流，同建西部新河，盛况空前，不禁感从中来，挥毫写下一副对联：

招天下名家穿山凿石天堂引出大通水；
请当代愚公移砂造田甘露泽润秦王川。

三、 施工建设

● 唐明成说："工程是中国的工程，为了工程，宁受委屈，也要讲团结。要 1＋1 等于 2，不能 1＋1 等于 0.5。"

● 铁军，经历了一番艰难、痛苦的改变，终于完成了这一段工程，同时也完成了一个认识：除非你彻底重新思考自己在做什么，除非你对自己所做的事情有全新的看法，否则你不可能改变。

● 前田恭利说："到中国来，我只哭过这一次……世界上最长的引水隧洞盘道岭的贯通，我实在没办法控制自己，似乎不这样，就无法泄尽我心中的全部情感。"

引大入秦工程开工建设

1976 年 11 月 25 日，引大入秦工程第一次开工，工程指挥部设在河桥镇。

当时的河桥已是寒风飕飕，冬天过早地降临到这个大通河畔的小镇。盛大的开工典礼却似火一般炽热，在鞭炮、锣鼓声中举行。

先后开到大通河两岸的 3.2 万多名公社社员按军事编制，4 个工区为团级建制，公社为营，大队为连，生产队为排。

这支平调来的工程大军，每天早晨要跑操站队列，要做定期的习武演练。指挥部专门有个练武团抓这项工作。

因为是"民办"，他们每个公社、大队都自带资金、粮食，起火的锅碗盆瓢，开山炸石的炸药、雷管，搭造工棚的椽棒檩条，造渠用的水泥、木材以及拉砂运石的驴、马、骡子、车辆等一应俱全。

秦王川的社员贫穷不堪，秦王川又是个不长高树的地方。在动员拆屋献木时，他们无屋可拆，无木可献，硬是背着一卷行李来到大通河工地。

当时工地上有 75% 的民工没住处。就利用大树底下，用石头堵圈，以树冠为屋顶。

深山老林扎营，石崖底下安身。大森林里布满了连大地湾复原的原始人村都不如的居住点。夏天一身雨、冬天一身雪，正如当时的诗歌写的：

深山老林扎营盘，铺天盖地把家安。
头顶蓝天脚踩泥，披星戴月枕风眠。

有些工段山坡土层厚，就挖地窝子住。七山营是个缺水缺木的干旱山区，除一个灶房、一个仓库和营部办公室三大建筑为地面建筑，民工全住地窝子。

柳树营就更差，连盖一间伙房的木材都没有，就在一棵靠崖松下支起了三石一顶锅。雨水淋湿了衣服，拿火上烤一烤穿上再干。

大通河两岸，8 月、9 月阴雨连绵，民工在雨里吃饭，雨里睡觉。在 11 月零下 25 度严寒里，许多民工没有棉裤、棉衣穿。

拉沙的民工鞋袜很费，没有穿的。大多数民工连吃盐都很困难，而工程又很艰巨，他们拿着原始工具，在坚硬的花岗岩、玄武岩上，钢钎、铁锤打半天只留下一点印痕，开凿 50 多公里长的地下隧洞何时才能完工。

稳定军心的法宝是开忆苦思甜会，秦川营西小川连是个穷队，旧社会尽出打砂工。这回上"引大"，每天每人口粮标准 9 两。若谁嫌口粮低，就给他煮野菜吃，开忆苦会：

苦不苦，想想长征两万五，甜不甜，对比新旧两重天。

西槽村当年的打砂工王赐祥，新中国成立后翻身当家做主，当上大队支书，他领着西槽民兵连到大通河畔落了户，用自己三代人做打砂工的苦难家史现身说法教育民工。

当时盘道岭隧洞上有幅大标语：

宁可前进一步死，不可后退半步生。

1980年水利部部长钱正英到永登来视察看见标语，一针见血地说："这还是过去那一套，怎么就不吸取引洮的教训呢?"

这支"战时体制"式的工程苦旅在艰困中奋斗了4年多，终于深陷经济困境而不得不下马了。

引大入秦建设工程的下马，影响很大，震动很大。

随着改革开放时代的到来，中国社会发生着巨变，国家在加速经济体制改革，封闭型的计划经济开始向世界型的市场经济过渡。

人们受到全球经济村的震动启发，开放意识在迅速取代传统旧观念，前进中的甘肃一步一步地向这幅蓝图走近。

1989 年 7 月 26 日，在引大入秦工程建设史上是一个决定性的转折。

这一天，中共甘肃省委、甘肃省人民政府在永登召开了引大入秦工程专题会议。

引大入秦工程，重新被提上议事日程。

1989 年 3 月，韩正卿离开定西到了"引大"工程任指挥，兼任两西农业建设指挥部指挥、甘肃省扶贫开发领导小组办公室主任。

韩正卿离开他付出 8 年心血的山村土地，惜别之情依依，而等待他的是一场更为艰苦的新战争。

3 个 8 年，哪一年都没少了打洞、挖土，群众称赞他是牵着龙王鼻子走的人。书法家赵正有感于斯，亲撰联语书赠：

> 六十年代打洞七十年代还打洞八十年代继
> 续打洞；
> 而立之年挖土不惑之年还挖土天命之年继
> 续挖土。
> 横批：两把黄土。

1991 年 4 月 27 日，引大入秦工程总指挥韩正卿一身西装革履来到美国华盛顿银行总部。

韩正卿看到，这座摩天大楼前面，有美丽的草坪、花坛。花坛里的中国杜鹃开放得异常繁盛，这是 19 世纪中期美国植物学家靠着最惠国条约开路从中国采集去的花卉，它在北美大陆安家已经 100 多年了。

花坛后面 30 米的长廊上立着 100 多面各国国旗，中国的国旗很显著地立在其间随风飘动，这标志着中国也是世行的成员国。

这个世界性的金融组织，改革开放前的中国却与它很少打交道，甚至中国人都不知道还有这样一个调剂全球经济建设济困扶危的组织。

韩正卿在主人的热情迎接下，走过火一般的杜鹃花丛，乘电梯登上这座摩天大楼，当他从那各国的国旗中看到中国国旗时，心情的激动真是难以表述。

韩正卿是来世行汇报引大工程顺利进展和世行贷款使用情况的。

世行的执行董事王连生很热情地接待了韩正卿，王连生是中国派出作为中国的世行董事在这里工作的。

王连生和贷款分析专家维拉盘多，世行中国蒙古局农业处处长约瑟夫·格德博格一起听了韩正卿的汇报，他们高兴地说："我们原来贷款时，担心此工程搞不成，现在看来你们创造了奇迹。甘肃对世行贷款的使用都符合世行宗旨。"

在世行的大力支持和国内的积极筹措下，引大入秦工程得以继续修建。

先明峡、水磨沟倒虹吸工程开工

1990 年 6 月，来自四川的华水水电工程建设公司"引大"分公司，开始修建先明峡和水磨沟的倒虹吸工程，这时，已经比原计划落后了 18 个月。

华水公司是联合集团性质的公司，由原水利电力部下属的五局、九局、十局等组建而成，属国家一级企业。他们搞水电工程建设已经有 30 多年历史了。

当时，华水公司在派出"引大"分公司参战的同时，正在进行贵州东风电站、四川宝珠寺电站、四川太平驿电站的工程。

华水公司投"引六"国际标，是通过中央对外联络部介绍国内工程单位联合投标可优惠 7%，CMC 也是想利用中方的技术力量。于是这两家组成了"CMC·华水合作企业"。

但 CMC 是牵头公司，什么重大问题都不跟华水商量，由他们说了算，甚至工程师单位开会也不告诉华水。

华水到西北来工作是第一次，然而这对于他们也是历史性的第一步，主动告别指令性任务工程，走进市场竞争，推向社会。他们与意大利合作投标，意图不全在挣钱，而是为走入国际市场，让华水的前途、命运、利益，经受新浪潮的洗礼。让华水的组织、结构、管理和思维方式接受一次检验。

华水尽管同合作伙伴有分歧，但对于工程，依旧雷厉风行，显出西南明星的风采。

工程师单位于 1988 年 12 月 24 日向 CMC·华水联营体发布了开工令。但开工令发了，征地工作尚未完全办妥，还未交 CMC·华水使用。

华水公司经理唐明成觉得骄傲的意大利人太小看人。他偏要争这口气。唐明成说："工程是中国的工程，为了工程，宁受委屈，也要讲团结。要 1 + 1 等于 2，不能 1 + 1 等于 0.5。"

后来，由于双方矛盾越来越大，甚至到了难以调和的地步，眼看就要影响工程的建设。

指挥部的副指挥严世俊和总工程师张豫生召集他们双方的法人代表一连开了一个星期的调解会。但收效甚微，合作的希望越来越渺茫。

看看实在不行了，指挥部就决定把他们分开，在原合同不变的情况下，把工程分开，财务单独核算。在形式上合作名称不变，CMC·华水合作企业仍然是法人名称，同样公章刻了两枚，双方各执一枚。

1990 年 5 月底达成了一个解体"永登协议"。"永登协议"标志着"引大"第一个中、外联营体的失败。

两家工程划分：CMC 的是 30A 隧洞和 38 号隧洞；华水干水磨沟倒虹吸、39 号洞和露天工程。

出人意料的是，两家分开以后，反倒慢慢和好起来。

时间让彼此间有了更进一步的理解。

CMC 只有 8 个管理人员，除了经营管理，摆弄机器，很多事情还得求华水。如喷混凝土，他们干不了，这恰巧是华水绝活。工程师郑道明是国家喷砼三等奖获得者，名副其实的国家级明星。华水就热情帮 CMC 干。

30A 洞进口和出口，TBM 掘进机进洞和打穿以后的整理都是华水给干。38 号洞改线后的连接洞 140 多米加进口共 300 多米也是华水给他们干……

双方友谊日益加深，双方的关系相处得反而更好了。

友谊归友谊，唐明成决定针对以下的水磨沟工程和 39 号洞提出"艰苦创业、团结拼搏、质量第一、信誉至上"16 个字，作为华水精神，激励士气。

在修建水磨沟倒虹吸工程的时候，华水为了抢工期，修的工房还湿漉漉的，工人就搬进去住了。连修房、搬迁到设备进现场，只花了 20 多天。

他们做饭是三石一顶锅，吃的是白水煮面条，菜要从县城里去运，但车辆都派到设备运输和搬迁盖房。四川人讲究吃，讲究味道。四川饮食文化在全国独树一帜，俗称川味。而在当时，别说川味，就连菜味都很难尝到。

先明峡，两岸险峻的大山，陡峭的暗红色山岩上稀稀落落长着松树、白杨、旱柳和桦树，是一种阴湿林带向漠化草原过渡的植被特色。

那条钢筋水泥铸造的倒虹吸管道，曲折盘亘于崇山峻岭和黄土山峁间，到了先明峡，便拐了个弯，向东而

051

去。忽遇一条几百丈深涧把高山劈开，阻断了水路。

长河隧洞的两个巨大的洞口，悬在高峻的半山腰上。这里水利专家设计了两条 U 形虹吸管道，从山坡倒挂下来，横跨河床将隧洞连通。虹吸管高差 107 米，为亚洲高差最大的倒虹吸工程。

当时，先明峡倒虹吸工程由铁道部二十工程局、十五工程局及中国技术进出口公司组成的联营体承建。

管道再过几座高山峻岭，就又到了水磨沟，又是一条几百丈深涧隔开了两座大山。于是，这里将要修建第二座倒虹吸管道。

这座倒虹吸管工程，是总干渠的关键性工程，它由两根直径 2.69 米的桥式钢管组成。全长 567 米，分为东岸上段，沟底水平段，西岸下段。设计过水流量每秒 32 立方米，加大流量每秒 36 立方米，高差 67 米。

当时，这是我国排名第一的钢制倒虹吸工程。

华水独立承建此项国际标大型工程，任务艰巨，施工难度大，技术要求高，而这 500 名蜀中壮士，还要把闹矛盾丢掉的 18 个月工期抢回来。

一节钢管 6 吨重，要用重型拖车才拉得动。钢板是西德进口，兰州石油机器厂卷焊，从兰州运到永登，过铁路过公路，车载超高，铁路不让过，公路桥洞钻不过去。

没办法，钻不过去的地方挖低路面，钻不过去的铁路电线，出足了钱，架高电线过。

几十辆拖车浩浩荡荡开到工地，光卸车就把人累得够呛。

川军刚来西北时，嫌这里空气干燥："这地方，累死一天咋没有一点汗星星！"

为了卸这些巨型钢管，一个个累得大汗淋漓。他们又说："老子今天才出汗了，痛快哟！"

西岸上段是 29 号洞出口，倒虹吸进口，整个斜坡上没有施工道路，坡又很陡。

为了抢工期，来不及装缆绳，就人排成队，500 名工人从沟底混凝土搅拌场，一直排到 70 多米高的山崖上，一桶一桶地把水泥砂浆传送上去。

洞口工程苦战了三天三夜，500 人就这样排队站立了三天三夜。脚站肿了，胳膊疼得抬不起来，手指出血了，那种艰苦无以言表。

艰苦创业，团结拼搏，华水就靠的这种精神，把巨型钢管从山涧排列到半山崖上，一节节地筑起水泥台墩，钢铁撑架，一个一个地焊接一起。两条并列的钢管，漆成银白色，如巨龙腾跃在高山深涧之间。

工程提前 18 天完成。

澳大利亚雪山公司国际监理奥尔萨斯卡斯刚从国外回来，华水的一个职工在永登告诉了他这个消息。

奥尔萨斯卡斯连连摇头："年轻人，你们不要给我讲故事。"

那名职工说："我们不是讲故事而是事实。"

当奥尔萨斯卡斯驱车来到水磨沟，看到这宏伟景观，他连说："不可思议！"

整个管道都用 X 光探伤检查，几千条焊缝一次合格率达标，贾志杰省长是从兰州石化厂出去的，内行。他把 X 片拿上亲自抽查，竖着大拇指连声说好。

9 月 27 日，对两条压力钢管进行了整体水压试验，一次成功。

省水利厅质量监督中心站主任袁明生评价说："无可挑剔，工程质量不仅可评省优部优，还可评国优。"

工程质量博得了世界银行督导团和中外专家的一致赞誉。

先明峡和水磨沟两座倒虹吸工程的顺利建成，不仅对保证"引大"总干渠的按期完成具有重要作用，而且对加速甘肃省的水利建设，有着十分重要的创建意义。

华水以快速度、高质量建成了倒虹吸，同时也以快速度、高质量提前贯通了 39 号洞。

华水听说盘道岭隧洞和 30A 隧洞就要打通时，他们承包的 39 号洞尚有 300 米经过破碎带和浅埋层的艰难地段。他们不情愿落在"老外"后面，放弃了节假日，大干苦干，奋战两个月，终于抢在日、意两国之前点燃了庆祝的鞭炮，令外国承包商吃了一惊。

引大入秦渡槽工程开工

1992 年 8 月 4 日，由铁道部第一工程局桥梁处承建的庄浪河渡槽工程开工。该渡槽设计流量为 18 立方米每秒，加大流量为 21.5 立方米每秒，主要工程量有：土石方 28 万立方米，砼 4.2 万立方米，钢筋 3400 吨。

整个渡槽共有 76 跨，跨度分为 20 米和 40 米两种。20 米跨为现浇钢筋混凝土矩形槽，共 42 跨，支撑为排架墩，最大高度 30 米。

有两层坐落在沙砾上的板式基础和伸入到基岩中的承台井桩基础，井桩最大深度为 43 米，一个基础设 5 根直径为 1.2 米的钢筋混凝土井桩。

40 米跨为预制吊装预应力钢筋混凝土空腹桁架和槽身板，每跨空腹桁架重约 180 吨，用万能杆件拼装起来的重型龙门吊起吊，吊重为 200 吨，支撑形式为空心墩，最大高度为 43 米，基础为 3 层一米高厚板式基础，坐落在沙砾石上。

庄浪河渡槽建成后，成为永登标志性建筑，被誉为"地下银河"、"陇上都江堰"，是中国水利史上的经典之作和规模最大的跨双流域自流灌溉工程，是甘肃人民艰苦创业的一项伟大壮举，创造了中国乃至世界水利建设史上的奇迹。

胡锦涛、温家宝、乔石、李鹏、朱镕基、李瑞环、宋平等党和国家领导人曾视察指导。

平凉水电工程局对工程质量更是严格要求，精益求精。时任工程队长朱存喜，带着这支百多号人的施工队，来到"引大"，在出发前，贷了40万元款购置了一台塔吊，这算是唯一的重型武器了。

大沙河渡槽由平凉水利工程局精心建造。由于两端分别联结着意大利人承建的水磨沟隧洞和日本人承建的盘道岭隧洞，因而留下了"欧亚大陆桥"的美称。

两条隧道地势极其复杂，工程异常艰巨，占去"引大"总干渠长度的31.6%，工程量的68.8%，被誉为"引大"工程"三国大战"之地，也成为"引大"工程的象征。

渡槽长350米，过水断面宽5.7米，高4.6米，有两层楼高。这样高大的过水槽体，光模板就把人拿住了。

大沙沟渡槽横在公路上头，联结着日本人和意大利人的隧洞。在门面上，又夹在两个老外中间，做不好，丢的不单是平凉人的脸，也是中国人的脸。

在这场中、日、意"三国"大战中，夹在盘道岭隧洞与30A隧洞之间的，是平凉水利工程局副局长朱存喜和东一干上的静宁县水利工程公司经理宋正吉、副经理任迎春，他们带领的队伍，与自己工地相接的国外承包商比较，虽然是不起眼的"小字辈"，但也是一支铁骨铮铮的劲旅。

几番研究权衡，为了保证渡槽的垂直度、光洁度、平整度，他们决定采用大模板。

对于他们这支小小的地方部队，资金困难是最愁的问题。4 米见方一块的大模板，像做家具一样细针密缕地做下来。

但朱存喜的态度非常明角：宁肯挣不下钱，也要保工程质量。

当时，单是塔吊行走的枕木、铁轨，一次只能铺个 10 来米。当渡槽墩体出来，上模板浇注槽体的时候，塔吊往前移几米，就到了铁轨尽头。灰浆上不到位置，工人只好拆下后面的铁轨枕木接到前面去。塔吊要往后移动，又得拆下前面铁轨枕木接到后面，实在是捉襟见肘，狼狈不堪。

东洋人和西洋人经常站在两边岸上看着，冲他们冷笑。朱存喜只当没看见，可他心里憋着一股劲，一定要修好这座欧亚大陆桥。

朱存喜给大家鼓劲说：“咱们人穷队小，谁笑就叫人家笑去。可我们的志气不能垮，工程不能在外国人面前丢人。”

于是，简陋的工棚院里挂出一幅大标语：我有一颗中国心。

为了实践他们的中国心，为了多买一根铁轨枕木，便连菜都省了。于是，有人给他们的伙食编了个顺口溜：吃饭不下菜，馍馍像锅盖，面条像裤带。说他们“住的是简易工棚，吃的是开水馍馍，干的却是精彩的活儿"。

一次，在浇注大沙沟渡槽第十八跨渡槽时，由于拆模过早，底板出现了裂缝。只要及时采取补救措施，还可过关；打掉重做，质量会更好。可是，一旦重做，就意味着要赔进去 4 万多元钱。

朱存喜痛下决心，承担责任，打掉返工。第二天，当事人卷走了铺盖卷，现场负责人也被罚款 3000 元。

正是这种严格的管理，使大沙沟渡槽荣获了优质工程奖励，意大利承包商也吃惊地瞪大蓝眼睛，发出一连串的赞叹。

1990 年秋天，指挥部组织了一次工程质量大赛，评比结果，平凉水利工程局在国内承包商里取得第一名，登上国内标的质量明星宝座。

引大入秦工程用合同说话

1988 年 10 月 15 日，由铁道部十五、二十局和中国大千技术进出口公司组成的联营体开工修建引大入秦工程一段长度为 22.86 公里的硬岩隧洞。

这是一段穿越大通河峡谷北岸的崇山峻岭，标号为国际标第一组的工程，包括第六至第八号、第二十二至第二十四号及第二十六号共 7 个隧洞。

工程主要由十五、二十局负担。铁十五、二十局的人马浩浩荡荡开进山来，二十局局长孔庆云亲自点兵布阵。

铁道兵，在中国人眼里，是英雄的代名词。万里河山，铁道兵逢山开路，遇水架桥，创下了多少可歌可泣的业绩。就是这样一支铁军，于 1984 年经中央军委决定，集体转业地方，归铁道部领导。铁道部主管的"中国铁道建筑总公司"将其改编为该公司的第十至二十工程局。

兵改工以后，脱下军装的铁道兵面临改革开放的大潮。中国的经济由计划经济向市场经济过渡，而且是一个向全世界敞开的市场。外国人瞄准了中国，要打入中国市场来，中国人也要打出国门去，其心情欣喜中带着急切。

铁军是一支年轻的生力军，又有雄厚的实力，他们满怀信心，投入了市场经济的角逐之中。

引大入秦工程是他们兵改工后看中的第一个路外工程，第一个国际招标工程，第一个使用菲迪克的合同管理工程。

对这三个第一，他们从无涉入，因此也无所畏惧。他们看到的是，这个工程对于锻炼他们的队伍，使之适应市场竞争，为将来打入国际市场，有很多好处，因而首先抢到这个工程是他们的目的。

铁军采取了"低价投标高价索赔"的战略方针，顺利地拿到这个工程。

业主一方发布国际一标开工令，于是一场恶战拉开了序幕。

大通河峡谷的深秋，已经涂上了冬天的颜色，显出浓浓的肃杀之气。

他们要在这里坚持战斗54个月，这是国际一标合同规定的总工期。

54个月，不是一个短暂的日子。上千人马，连接着多少家庭亲人。

十五局一处三队是个半机械化的连队，6台出渣运输车，8名司机，他们一听炮响过，就冒着浓烈的烟尘进洞出渣。呛人的烟尘使他们换不过气来，他们便戴着防毒面具开车进洞，安全员也阻拦不住他们。柴油用完了，车没法开，他们就改用汽油，开汽油车。无论想啥法子，车轱辘不能叫停。

铁二十局三处第二项目部被人冠以"洋华人"的修理工，共产党员李社珠，在长期的实践当中积累了丰富的经验，特别是对进口常用设备，达到了如指掌，听音判故障的地步。

有一次，有一台由美国卡特皮勒公司进口的963型装载机得了怪病，在隧洞外运转正常，一进洞，涡轮增压器便烧了。

李社珠冒着滚滚浓烟进入隧洞掌子面，检查故障，被烟呛得快窒息了。他跑出来换口新鲜空气，又进去抢修。几出几进，终于找出毛病，使装载机恢复了正常。

工程技术员帖少伟，当年25岁，石家庄铁道学院八九级毕业，分配到二十局，他步出校门参加的第一个工程就是"引大"。

帖少伟热情很高，对工作十分负责，他的工作是处理围岩。每次放过炮，他就得进洞，背着沉重的仪器，身穿雨衣雨靴，在齐膝深的泥水里观察爆破后岩石应力变化，围岩需要不需要处理。他是第一个冲进浓烟滚滚的隧洞的人。一人管4个洞子，每两小时进一次洞，不分黑夜白天。

一次在大爆破后，帖少伟进入一条1000米深的隧洞，由于烟尘太大，洞子又长，他昏倒在掌子面，直到天亮被人发现，才捡回了一条命。

在第二项目部营地会议室里，一炉暖烘烘炉火，10

多位钻爆工人，说出了多少感人落泪的话语："就我们一年四季在浓烟里打钻装药，一天 102 个炮眼打下来，连撒的尿都是黑的。"

二十局、十五局的施工地段属指挥部二工区管辖，二工区监理员发现他们没有遵照合同施工，所以才使得工人们在如此大的烟尘中施工。

监理员发现情况很严重，他们多次向指挥部汇报，请示处理。咨询专家奥尔萨斯卡斯和帕尔莫摇着头说："二十局和十五局不具备施工条件。"

这天，两辆北京越野吉普驰过悬在大通河崖岸的吊桥，驰进松林葱郁的山路。小车直开到二十六号隧洞口。

总工程师张豫生，施设处处长张光前、二工区主任王炳权和年轻的监理员王建旺下了车。他们都带着长筒雨靴、安全帽、长电筒等，3 个人将这一套行头一一穿戴好了，把换下的鞋子放进车里。

张豫生走过去首先检查了出渣车，发现都没有安装空气净化器，这是违反合同的。

第二作业队队长岳保福过来招呼。张豫生叫把风机开到最大限度。岳队长过去给开风机的女司机说了，顺便又拿了几个防尘口罩，跟在 3 位老总后边走进隧洞。

夏天，洞内温度高，一到洞口，就感到一股闷热扑出来。洞子积水深，地面烂，穿着笨重的长筒靴，走路很费劲。

3 位老总一边走，一边不时压压风管，这条巨蟒紧靠侧墙爬卧，很软，越往里走越软。

岳保福说："我们进洞干活都得穿水鞋，穿也不管用，里面经常是 30 多厘米的泥浆。"

张豫生说："那你们抽呀？不是有排水设备吗？合同规定，洞内积水必须及时抽干，积水对围岩是有影响的。"

王炳权说："你们这灯光亮度也不行，几乎没有能见度。"

岳保福说："叫烟尘喷的。"

烟尘呛得他们不住咳嗽。岳保福把早已预备好的防尘口罩发给大家。

洞内的高气温令人窒息，大家戴一会儿就得取下来。

岳队长说："我们反映过，上头没动静，我们也没办法，据说是拨不出钱买。"

张豫生愤然地说："这样的施工环境，无疑是拿人的生命开玩笑呢！"

张光前接着问："这样大的烟尘，你们每爆破一次，要花多长时间排烟？"

岳队长说："一般要三个半小时才能排完。"

张光前问："如果你们照合同规定，改善通风系统，缩短排烟时间，加快施工进度，有什么不好呢？"

岳保福过了半天才说："咳咳！干了 10 多年了，都这样子，大家也习惯喽！"

一辆出渣车开出来，是汽油车。

张豫生问："你们还用汽油车出渣？"

岳保福说："柴油车不够。"

张豫生又问："你们一共有多少汽油车出渣？"

岳保福回答："大概每个洞子都有几辆。"

张豫生不满地说："这样不仅污染空气，而且增加不安全因素。"

他们继续往里走，快到掌子面时，风管贴在地上，没有一丝风。

张豫生用脚踩踩风管，然后说："这送的什么风？你瞧！这样新鲜空气能进来吗？"

张光前也说："合同规定要用抽出式风管。这是条5000多米深的洞子，才打了七八百米就这个样，再往里打你们怎么办？"

这时候，段长宋宜田赶来了。张光前作为施工技术处长，这时迫不及待地把宋宜田叫到掌子面去。

但是，两个人说了一会就说不到一块去了。

4月21日下午，在指挥部简陋的二楼会议室里，部党委、指挥部扩大的联席会议在韩正卿的主持下进行。

讲过几个问题之后，韩正卿说："现在说二十、十五局的问题。现在我们敞开讨论一下，原则一条：合同。根据合同让一步两步，看他们能不能上去，如不行，根据合同六十三条，中止合同，驱逐出去。咱们再权衡一下，不行另换一个花钱是多少。是保是赶，请大家讨论一下。我的意见是，不讲任何情面，只讲合同。矛盾不可回避，拦路虎要闯过去。"

王炳权、部党委副书记景维新、郭树政都谈了他们各自的看法，也表示同意换人。

张豫生说："情况很复杂，发展下去，工程无法保证。缺钱是一个方面，干不干是另一个方面，没有进度，没有质量。如果是没钱转动的问题，可以给一点钱先垫付。算大账，我们扯不起这个皮。如果是不想干，有意要搞成个胡子工程，会哭的孩子有奶吃，那他们就错了，就趁早走人。市场经济不是计划经济，今非昔比了。"

书记姜作孝说："二工区的情况，形势确实不好。作为业主代表，我们要统一认识。铁道部二十局、十五局不是骗子，只是他们在新的形势、体制、管理方法面前认识跟不上，观念没有转过来，还是一副走老路的架势，没有从思想上充分认识我们这个工程的意义。但他们能吃苦，既然辞退以后要多花钱，工期也保证不了，何必辞退？我的意见，不要辞退，留下来，扶持一下。解决些资金，雇一些技术人员，最根本的问题是钱的问题。"

严世俊说："这个队伍新手多，炳权说的情况都有，但还不是一塌糊涂。说他们没有能力干，这个观点我不同意。他们大多数技术人员是新分配来的大学生，年轻人从大城市走到荒僻山沟搞工程，闹情绪的不少，但随着时间他们会改变的。技术骨干少，洋设备多，发挥不了效益，这是二十局的基本情况。我同意姜书记的意见，咱们这个骑虎工程，要尽量促上去，再不敢折腾了。"

合同处处长胡宝祥说："国际一标国内二标现在存在的问题是进尺慢、质量差，我同意增加工作面，并加强技术力量，让他们自己的老师傅带一带刚毕业的大学生。"

张豫生说："要留下来的话，现在就要采取措施，给他们一些扶持，不只是资金方面，还要给他们提出一些书面要求通知他们，解决干不干的问题。我再重复一句：我们扯不起这个皮。另外，把二十、十五局的领导找来，让他们铁总司出面解决问题。"

4月23日的联席会议上，张豫生将他们5个人商量的方案做了汇报。在资金方面，给十五局、二十局解决100万美元。另外还解决3个月的材料款，滞留金3个月不扣，预付款3个月不扣，电费3个月暂不收。

5月17日北京会议上，铁十五局、二十局领导确认了他们在施工中存在的与合同相悖的问题。同时，就如何改善工程质量，加快工程进度，确保施工安全做了承诺，并确定7月底为实现这一承诺的最终时间。

但令指挥部非常失望的是：直到8月下旬，铁军并没有兑现承诺。

甘肃人民要的是1993年水到秦王川。公元1994年6月，世界银行关闭账户，这是合同规定。

为寻求全面解决途径，指挥部决定召开一次现场办公会议。他们打电话从咸阳铁二十局总部请局领导，从洛阳请十五局领导，从北京请铁总司领导。

铁二十局局长孔庆云，接到电报后，赶在开会前一日到永登，他连车都没有下，直接来到二工区。下车伊始，风尘未洗，就到韩正卿的房间去拜会。

韩正卿目光严厉，口吻气愤："哦！孔庆云同志，终于把你请来了。你们二十局，是引滦入津工地上的老虎团，英雄好汉，威震四海。但是到了'引大'工地，你们成了稀屎软蛋。这是什么问题？是观念问题，思想问题，还是没把我们放到眼里，唱的不是正本戏？"

韩正卿又说："自北京会议以来，你们并未采取任何得力措施以改观工程，实现你们的承诺，说明你们局领导对工程很不重视。"

接下来，12天的现场会，并没有使工程出现实质性的转机。

就在指挥部举棋未定之际，世界银行派出检查团到中国甘肃"引大"工程来了。

9月21日，郑兰生先生率领世行甘肃发展项目农业检查团到达永登，听取了指挥部的汇报，又到工程上大致看了一下。第三天返兰州参加有关活动，留下随行专家约瑟夫·达拉先生检查隧洞工程。

达拉走出洞子后惊讶地说："这种极差的通风条件，对工人健康有很大危害。在恶劣的条件下不能连续工作8个小时，装渣机人员只能在洞内工作一小时，就要出去换口气。每天通风损失6至8个小时，损失太多了。6至8个小时是每天的30%至40%的时间，如果改进，能大大增加工程进度。真不可思议，你们为什么不加以改正呢？"

参观过后，达拉在会议上说到这个问题时说："有些洞子的污染含量更高。"

检查结束，韩正卿惴惴不安地问："达拉先生，怎么样？"

约瑟夫·达拉沉思地说："悲观！"

1990年9月26日下午，约瑟夫·达拉先后在指挥部5楼会议室的座谈会上，作了很长的发言，他说：

"……出现这么多问题，工程师单位很耐心，慈悲为怀，多次提出，他们又一次次地保证。两个月，又两个月，多次宽容他们。不管怎么宽容，要有个限度。限度已经过去，工期很紧，现在应果断了，现在最关键是时间，现在采取措施也晚了。要如期完成，必须进尺达到3至4倍，现有承包商是无法达到的，也不可能。问题是工程师单位怎么办？他们想干什么就干什么？各种措施都用了，给了钱，他们没有改变的迹象。

"你们如果说我怎么办？我也很困难。我认为，该到采取强硬措施了，不要违背合同。第一步，由于他们没有执行合同和规范，命令停工掘进。命令已开挖段进行补救……如果他们不执行，把该承包人完全赶走。如果采取这个措施，可以没收所有机械和银行保函以及滞留金……"

也许，以往人们忽视了，而现在突然惊醒的正是这一点："假若施工质量不能按照技术规范改进，世界银行可以不接受，并且可能对这种工程拒绝支付。"

工程指挥部意识到：两下三上的"引大"工程，再也经不起第三次下马了，如果那样，"引大"将一蹶不振，我们将失去很多。

　　一个秋末冬初的夜晚，"引大"办公楼的会议室里灯光通明。会议室正面墙壁上，那幅巨大的"引大"工程建设示意图，显得格外醒目，这是现实与未来美好境界的缩写。

　　会上的争论虽然激烈，但基本形成泾渭分明的两种主张：一种主张驱逐；另一种主张停工整顿。

　　经过充分讨论，又请示了省领导的意见，于是，指挥部、党委终于作出了决策：第一步，下停工令；第二步组织攻坚小组，下去对此进行摸底，看看他们的决心、士气，再决定是留下还是驱逐。

　　同时，产生了"引大"工程中著名的五十九号文件。其中写道：

　　　　……根据合同条件条款，现工程师单位命令承包商停止全部隧洞掌子面的开挖工作。按照所列清单，对已开挖段进行全面处理。在任何掌子面中，如未达到本函所附详细清单中合同条款的规定，承包商不得开始掌子面的重新开挖。

　　　　为执行这一命令，所需额外费用和延长时间，承包商无权要求索赔。

　　　　……

打通引大入秦七大隧洞

1990 年秋，引大入秦指挥部发布第五十九号文件，铁十五、二十局停工整顿。

这一天，铁二十局局长孔庆云在黑黢黢的洞子里走着。脚步蹒跚，走走停停。洞里格外幽静，没有震耳欲聋的爆破，没有装载车那钢铁巨齿插入石砟时令人战栗的声音，没有运输车叫人心烦的轰鸣，没有风管漏气的咝咝声。

一切都已消失，只有孔庆云自己零乱的脚步，和他似乎被什么东西紧紧压迫着的胸腔里的呼吸。

……

有人进洞来，打断了孔庆云纷乱的思绪。

是两个人，沉默地走着。他们来到孔庆云的身边，孔庆云见他们背着工具袋，一个人的手里捏着一瓶酒。

其中年轻一点的是个钻工，段里的光荣榜上有此人，另一个 30 岁左右的他不认识。

钻工问："孔局长，你咋在这里？"

孔庆云说："啊啊！你很面熟，名字一时想不起来了！"

钻工回答说："我叫倪跃进。他叫李爱成，机械队修理工。"

孔庆云恍然地说："噢！倪跃进，你是咱局的先进工作者。"

倪跃进摆摆手说："不提了，不提了。过去谁要说我是先进工作者，我听了心里美滋滋，这会儿，局长这样说，对我是个讽刺。"

孔庆云说："怎么是讽刺？先进工作者就是先进工作者嘛！"

倪跃进叹口气说："咱们的通风不好，烟尘老出不去，尤其打钻时那粉尘真要命。你打一会儿就憋得不行，非得跳出去换口气。这样打打停停，一轮炮 102 个眼，要多少时间打呀！可上头要进度。我就……咳，只不过比别人少出去几趟，多拣了点日进尺。宣传上说我有勇于奉献精神，可现在回头看，我奉献了个不合格工程。这心里……"

孔庆云说："工程上的问题，责任在我们领导，主要在我。"

倪跃进说："我们工人也有责任。我们没有干出硬棒活儿。"

孔庆云岔开话："现在都停了，你俩来做什么？"

倪跃进说："修修那台钻车。前一段就想修，可洞里烟尘大，呛得待不住。现在趁洞里清爽，我们把它好好整治整治。"

说着，两个人走到钻车前，放下工具袋。

倪跃进喝了点涩，话匣子打开了："孔局长，这钻

车，是开山凿岩的关键机械，可我们还使不惯，有时空气压力大了，有时振动速度也掌握不住。你不知道，这钻怎么打，对爆破质量影响可大哩！可以前在路内干活，我还糊涂着哩。反正把窟窿眼给你打开，大炮一放就行。现在人家按国际技术标准，要炮痕率。这道关就过不去了，还怪人家吹毛求疵。这次五十九号文件把工程停下来，把我也给停醒了，我到指挥部找那两个经常挑我们刺儿的外国咨询专家请教了一下。人家真负责，专门从兰州找了位爆破专家来，经专家一捅，我心里就明白了。嗨！这大山别看它是玄武岩、花岗岩，也娇嫩得很，你一钻打下去，它全身都会颤抖的。当钻头振动速度达到每秒 700 到 1000 毫米时，围岩就引起破坏，钻孔中空气压力过大也引起围岩的破坏。"

孔庆云感动地说："我猜到了，你把钻车修理好了，就要攻这个难关是吗？"

倪跃进有点腼腆地笑着说："我是有这想法，早就想试试了，就是缺条牵引钢绳，只要李师傅这条自制钢绳能行……我不信我们铁道兵就拿不下个国际标。"

孔庆云感到眼里热辣辣的，他走上前握了握两个工人的手说："好，倪跃进同志，李爱成同志，我代表党委百分之百支持你们攻下钻爆难关。你们要啥，就开条子来。"

孔庆云到工地转了几天，拖着倦体回到营地，立即召集了党委会。

在会上，孔庆云语调激昂地说："以前事情没干好，我先向大家检讨……五十九号文件就这样客观而无情地摆到了我们党委一班人的面前。是进还是退，一度成为领导班子成员议论的焦点。有的人说标价低，创利难，资金紧张干活难，点多线长管理难。与其受这三大难，不如鸣金收兵；有人说，这场国际凿洞大赛，参加施工的中国、日本、意大利三国，在这个可比性很强的施工项目中，我们不仅仅是铁军，而且代表的是中国，我们'中国队'能否在竞争中取胜，影响到我国的国际声誉。因此，干好'引大'，就是为国争光。

"为此，我们多次召开党委会统一思想。退是没有出路的，我们'铁军'不能给国家抹黑，我们企业不能在国内建筑业同行和甘肃人民面前失去信任，只有破釜沉舟，义无反顾地勇往直前。给甘肃人民还一个合格的工程。才是振兴发展企业的唯一出路。我们要砸锅卖铁搞'引大'，搞好'引大'再买锅……我们要维护我们的国家形象，我们要打着红旗上山！"

讲到这里，孔庆云的眼里溢满了泪水。

终于，党委一班人的共识达成了。响亮的口号，有着无限的感召力和凝聚力。身陷"绝境"的铁十五、二十局，为把工程推上新的运行轨道而奋起再战。

他们积极筹集资金，地处闹市区的西宁办事处大院，以 800 万元的价钱卖掉了。从新疆、大秦铁路挣来的 400 多万元也全部贴进去了。他们经过辛苦奔波向银行拿到了 300 万元的贷款。

二十局三处二段的职工，已经 3 个月没发工资，有的靠向老家亲友借钱维持最低标准的生活。尽管如此，还拿出三五元的钱来捐赠给工程，有的人拿不出钱，兑换菜票捐钱，就这样全段发起"作贡献，渡难关"活动，捐赠了 4000 元。

筹措来的资金全部用来购置急需设备、材料，改造通风、道路、照明等基础设施。

他们从大专院校请来了爆破、通风方面的专家，共同研究攻克了许多技术难关。尤其是过去咨询专家和工程师单位多次强调的激光导向仪和围岩变形量测仪器的购进和安装，将在很大程度上有益于对工程进行科学监测。

前方的职工群情激奋，艰苦奋战，后方的家属像战争年代支援前线一样，送来了手套、鞋垫、毛巾等慰问品。

同时，从上海、河南青永铁路线、侯月线、攀钢弃渣专用线等工地，抽调了一批技术人员充实施工第一线的技术力量，并抽调了一大批技术精良的施工队伍开到"引大"工地。

铁十五局还抽调了两个建制队充实到"引大"工地。自己的队伍扩大以后，陆续解雇了一批原雇用的劳务队伍，人员的素质因而发生了变化。

局长张崇岩先后 3 次到"引大"工地检查工作，当场拍板解决具体问题，还组织开展重点工程立功重奖等项活动。

这期间，其上级单位铁道部中国铁道建筑总公司作出了全力保"引大"的决策，充实领导力量，积极想办法帮助工程第一线解决实际问题。

各个方面的矛盾在大幅度地缓解，工程建设的局面在向好的方面转化。

1991年春节刚过，"引大"指挥部派出了攻坚小组。攻坚组的主要成员中，有办公室主任常泽国，合同处处长胡宝祥，还有物资处、质检处等一批各把一口的部门负责人。他们在二工区住下来。

办公室主任常泽国还芇着他的书柜，有关二工区工程资料，甚至连电话机都背来了。

他们长期住下来，放弃节假日，坚守在攻坚前沿阵地上，打响了这一场特殊战斗。

一次又一次座谈会上，华镇用他的上海普通话，打比方，举事例，苦口婆心，从改革开放讲到这深山沟里的大工程。

攻坚组主要成员常泽国出入于隧洞、工棚，进行深入细致的调查研究，与有关业务技术人员探讨：能否重新组建施工队伍。眼下这过时的管理制度为什么不能改变革新。

合同处处长胡宝祥，以他机智的目光，探寻和深思这低价中标给工程造成的种种损害。他负担着一个特殊的使命：总干渠预案工作。按照合同，如果此次攻坚失败，铁军注定要驱逐出去。

大通河畔，日出日落。常常看见指挥部党委副书记、攻坚组副组长景维新和铁二十局副局长唐万夫促膝相谈的身影。

景维新一直抓二十、十五局的工程，对他们的问题，工人的状况有深入的了解。他看到十五、二十局工人的家属大都来自农村，他们在连城镇、永登县买高价面粉，他们也没有用煤指标，吃饭取暖均成问题，看起来是生活小事，但给铁军内部增加了矛盾。景维新不仅在会上提出，还想方设法加以解决，为他们送去友爱与温馨。

唐万夫说："铁军和日本熊谷组，同样都是低价投标，可是熊谷组为什么宁肯赔钱，也要把工程干好？而我们铁军却不能呢？这几天，面对世行备忘录，面对五十九号文件，我一直在想这个问题，想得很痛苦。"

景维新说："这样想就对了。这样想就能明白，不是钱的问题。低价投标，这是决策失误，但我们按中国国情来对待这个问题，做了最大限度的弥补，连达拉先生都提出指责我们不应一再这样做。为啥会指责我们而不是同情铁军？旁观者清。5月以来，我们合同外支持了1000多万元，3个月水电材料款都未收，你们花了2199.4万元，干了800多万元的工程，这就是最好的证明。不是钱的问题。"

唐万夫叹道："是啊！是观念、意识。"

景维新接着唐万夫的话说："对，观念不转变，根本不适应现代市场体系，观念不转变，也不可能把铁军转化成一支现代企业，当今之世，建立不起现代企业制度不行了。日本人从头到脚用现代管理现代意识武装起来，而我们却还穿着一身唐·吉诃德式的铠甲，手执长矛来迎战菲迪克，焉能不败？"

唐万夫说："是啊！教训太深刻了。这两年来，经受了一次痛苦的精神大过渡，牺牲家庭、儿女的欢乐温馨，所得到的，就是读懂了一部时代大书的序言，仅仅是序言而已。不过，这也很值得。"

经过4个月的艰苦细致工作，终于看到当年的老虎团政委从痛苦中抬起头，振臂一呼，喊出了"砸锅卖铁搞'引大'，搞完'引大'再买锅"的口号。

一天早晨，华镇和景维新两位攻坚战的指挥，一夜没有睡好觉，早早地起来，驱车回到指挥部，向韩正卿和来"引大"现场办公的贾志杰作了详细汇报。

贾志杰听完汇报，�高兴地说："既然认为二十局他们还能干下去，就让他们继续干。"

决定留下后，指挥部采取了行之有效的措施：攻、帮、扶、促。

根据合同处所做预案的结果，铁二十局无能力完成二十六号隧洞，必须让出。指挥部据此作出割让二十六号洞的决定，报请世行同意，重新招标，新设国际三标，由铁道部建筑总公司着铁十八局进点承建。

十八局进点以后，项目部负责人在洞口搭个简易工棚，坚持在隧洞口办公。谁迟到谁早退，洞里有烟无烟，详情等都逃不过他的眼睛。扎实的作风换来高质量、进展迅速的工程。

同时，更换了十四号洞的施工队伍。新调进铁十六局承建，在费用上给以一定扶持。

又加强了攻坚组的力量，帮助铁军解决困难。他们亲自跑银行给铁军贷款，到原兰州军区联系解决了一批帐篷，缓解了新调来职工的住宿困难。在施工上，帮他们搞试验，抓优化设计。

在攻坚期间，二工区全体职工，不辞辛苦，忘我工作，他们在恪尽职守、加强工程监理的同时，积极想办法帮助承包商解决问题。

二十、十五局一向喷砼技术不过关，回弹量过大，质量达不到合同要求。为解决这一问题，二工区出面请来华水公司的技术专家进行帮助；到现场进行技术培训，提高铁军喷砼水平，使这方面问题得到了较好的解决。

第二项目部十六号洞进口边挖边塌，工程无法向前推进。工区领导便领上承包商专程到武威市水电局请来局领导和技术人员，组织技术攻关，拿下这一难题。

十五局搞砼预制块打制试验，没有地方。二工区腾出了机关院子，提供给他们作为施工场地。

……

铁军，经历了一番艰难、痛苦的改变，终于完成了这一段工程，同时也完成了一个认识：除非你彻底重新思考自己在做什么，除非你对自己所做的事情有全新的看法，否则你不可能改变。

1991年9月，这是世界银行督导团第一次检查了铁军承包的国际标工程的一年以后，世界银行督导团再次来到铁军工地。

仍然是一番深入细致的检查，一个洞子也不放过。检查完毕，韩正卿指挥仍旧是惴惴不安地问郑兰生和达拉。达拉面带笑容说了两个字：乐观。

1993年4月，世行督导团第三次来检查，韩正卿待他们看完，还没有问，他们就说这次看了以后的感觉是：高兴！

工程的失败局面彻底扭转过来了。

"引大"的人，铁军上下，听到这两个字，都眼含激动的泪花，长长地舒了一口气。

隧洞里有的工人，伏在钻车上一边哭，一边喝个瓶底朝天。

1993年3月27日12时22分，引大入秦菜子湾隧洞贯通。对于铁二十局这是最难忘的时刻。这一时刻，铁军二十局承建的全长14.32公里的7座隧洞工程全部贯通。

接着，举行了全线贯通庆祝大会，会场设在二十局项目部大院。

会议程序安排得很别致，与会的领导、代表们，先乘车参观隧洞。当这浩荡的车队从洞子这头进去，那头出来，都有工人群众举着小红旗欢迎。他们还是一身泥土，一身泥泥水水的工装，站在雪地，脸笑成一朵花。那不住流下的热泪，仿佛是这成功胜利之花上滚动的朝露。

参观完毕，人们进入会场。

临时搭起的主席台两边悬挂一副对联：

> 铁马雄风踏破千山万水为民造福
> 英雄儿女巧夺神工鬼斧功在千秋

在庆典上，唐万夫作了慷慨激昂的发言：

1988 年，我部有幸中标承建引大入秦工程，这对我们这支在改革开放大潮中，脱下军装，走向市场，刚刚从铁道兵改工过来的年轻队伍无疑是一次机遇，同时更是一次严峻的考验⋯⋯

工程开工后，各种困难接踵而至，由于对菲迪克条款的初期不适应，由于资金紧缺，由于施工条件、自然环境及各种复杂因素的制约，工程进展一度维艰。面对艰难局面，我们发扬铁道兵前无险阻的光荣传统，横下一条心，骑虎不下，背水一战，团结和教育全体职工为国争光，为民造福，为企业争气。从严管理，科学施工，在战争中学习战争⋯⋯

4年多来的艰苦岁月，为了造福甘肃人民的事业，我们有的同志献出了年轻的生命；有的同志舍弃对家庭和儿女的关怀照顾，用自己的青春和汗水，心血和意志，在引大入秦这个异常艰苦的战场上默默奉献着……

　　我们用自己的实际行动向甘肃人民交了一份合格的答卷……我们终于为自己的企业赢得了荣誉……4年多的艰苦岁月，我们走过来了，我们不仅付出了代价，打通了14.3公里的隧洞，而且积累了参加国际标工程施工的宝贵经验，为我们企业转换机制，走向市场迈出了可喜的一步……

　　在引大入秦这块火热的土地上，将永远留下我们用青春和生命铸就的业绩！

唐万夫的讲话不时被一阵又一阵的掌声打断。

韩正卿在一阵更为热烈的掌声中站起，他洪亮的声音响彻会场内外：

　　二十局承建的7座隧洞全线贯通，实现了原局长孔庆云同志提出的打着红旗上山的愿望。实践证明，由铁道兵转业的铁二十局的施工队伍，是一支英勇善战的铁军。

修建总干渠大隧洞工程

1990 年 8 月 13 日，有两名美国专家风尘仆仆地来到"引大"总干渠 30A 工地，他们是休斯敦罗宾斯公司派来安装 TBM 双护盾全断面掘进机的。

客人到来之后，在意大利和中国技术人员的协助下，立即投入紧张的安装调试工作。

这一带，地质学上称为软岩段。意大利 CMC 和熊谷组的工程就在这里进行。

从天堂寺到水磨沟，引水渠线沿着与大通河平行的山岭中穿越，这里地貌是一派松岭绿天景象，从水磨沟那儿渠线拐了个 90 度大弯，告别大通河转向东面永登县城方向。

水磨沟以南，地面景象完全变了。这里一片荒山秃岭，多年来种草植树，农民挥汗如雨，在山体上挖出无数个鱼鳞坑，埋下树种。

然而种了死，死了种，种了又死，一茬又一茬的绿色生命种子，等不到探出头来看一看白天的阳光和夜间的星月，就枯干了。

鱼鳞坑，密密麻麻，整整齐齐排列在山坡上。

当年胡耀邦视察甘肃，在陇中黄土高原的窑洞里，吃过农民的搅团。在定西县城灰蒙蒙的大街上，胡耀邦背着手散步沉思，他提出"反弹琵琶"的建议，让甘肃在一些植被破坏严重的地方，可以退耕还牧，种草种树，恢复这里的绿色植被。

这无疑是一条有远见的改善生态环境的良策。可惜，从水磨沟到盘道岭一带的荒秃山岭，连草都种不活，空留下万千个"鱼鳞坑"。

当时，组装 TBM 掘进机是一项浩大的工程，80 多个大型集装箱打开来，在 30A 隧洞前场地上堆了好大一片。3 个国家的技术人员在美国专家的指挥下，按照图纸，把几万个零部件一一组装起来。

经过 4 个月的繁忙工作，一个庞然大物静静地蹲伏在隧洞口听命。组装起来的 TBM 机身 140 多米长，使用超大功率电动机，看上去就像一列长长的火车，实际上是一个移动式的全封闭的地下作业工厂。

项目经理法布瑞秋出生于意大利，是个经验丰富的工程专家，能讲一口流利的法语、英语和西班牙语，获得过几何学家学位证书。

法布瑞秋接受了公司给他的"引大"30A 隧洞工程项目后，就仔细认真地研究了 30A 工程的施工方法，使用什么设备等。

法布瑞秋和他的同行经过周密研究，选定了掘进机，满怀信心来到中国。他的中方联合伙伴是中国四川的华水公司。

TBM 必须在先行开挖 18 米洞口后才能进行运转。这一段洞子也是由华水完成的。他们在寒冷的冬季作业，施工很艰苦，为了赶工期，作风顽强的这支川军硬是在连意大利人都感到意外的短期内完成开挖，为 TBM 掘进开辟顺利开掘的良好条件。

TBM 全断面双护盾掘进机一次成洞。所谓一次成洞，即不但挖开洞子，还完成支护和洞壁衬砌。它在机头上有一个直径 5 米多的圆形刀盘，能伸缩、旋转，削下坚硬的山岩。

碎石砟通过传送带输入运砟车内运出洞外。掘进机后部遥控装置将预制钢筋水泥管片由机械臂一片片衬砌在洞壁上。

水泥预制管片一片就有一面墙壁那样大，重 5 吨，但机械臂把它衬砌在洞子上仿佛毫不费力，轻巧而准确。掘进机过去，隧洞的衬砌也便完成。

操作人员全部在钢铁护盾里工作，既安全，又干净。而且全部仪表显示，电脑控制，人只要按按电钮就行了。机内震动很小，噪声也很轻。

在隧洞掘进中能创造如此干净、舒适的工作环境，简直是一个奇迹。

意大利 CMC 凭着他们先进的技术设备，在世界隧道工程中屡屡获得成功，他们到了中国的"引大"工地，显得傲气十足，在与中国工程技术人员的接触中，老是一脸居高临下的架势。

有一次，总工程师张豫生去 CMC 施工现场的水泥预制厂检查工作。因为那段时间，中方年轻的监理员侯宝宁向张豫生反映，30A 洞壁衬砌的预制管片有裂缝，叫他们拆除更换，他们打发工人用水泥浆抹光裂缝就算交代了。

侯宝宁向法布瑞秋提出来裂缝要用等强度混凝土修理，法布瑞秋不服气，干脆不予理睬，如此违反合同到了欺负人的程度。

张豫生知道了这一情况，决定亲自到预制厂详细检查。在这里，张豫生发现他们浇混凝土沙子不洗，也不讲配合比，所用沙、石子里有草、土。

张豫生就问操作的中国工人："沙子、石头为什么不洗？"

中国工人说："老外叫我们不洗。"

张豫生又看见在浇模时没有用振捣器，而振捣器就在旁边放着。又问道："干吗不用振捣器？"

工人的回答又是："老外叫我们不用。"

张豫生很生气，他在办公室找见工地负责人伊万："伊万先生，据工人们说，是你不让用振捣器的？"

伊万一副傲慢的样子，说："不是我说的，是永登说的。永登怎么说，我怎么做。"

张豫生忍耐地说："不用振捣器，混凝土能密实吗？"

伊万说："你去问永登好了。"

伊万所说的永登，是指 CMC 当时在永登办公的弗兰提尼经理。

张豫生恼火地说："那好，我命令你立即停工，回永登找你们的负责人！"

张豫生赶回永登，他通知弗兰提尼到指挥部来，告诉他工地施工不合规定的情况。

弗兰提尼做出不屑的表情道："张先生，我们在意大利都这样干的。"

张豫生说："你在意大利怎么干我不管，按照合同，我们只规定'美国、澳大利亚、中国'统一规范，没有规定什么意大利规范，你不改变，我不准你开工！"

弗兰提尼霍地站起来拍着桌子说："岂有此理！"

张豫生尽量压着火气，对蛮不讲理的弗兰提尼说："冷静点吧！弗兰提尼先生，你们这样，是达不到 150 号混凝土强度的。"

"好！我做试验给你看。"弗兰提尼仍然态度蛮横地说。

张豫生马上说："好！我等你的试验。"

第二天，弗兰提尼来了，拿着记录纸说："你看，我们的这个试验结果，都达到 200 号水平了。"

张豫生连看也不看，只是面带冷笑。

弗兰提尼有点尴尬了。

过了一会儿，张豫生说："弗兰提尼先生，这真是你的试验结果吗？那好，请回答我，按你的试验表明你们的预制件 3 天强度是多少？7 天强度多少？28 天强度多少？要知道水泥是水硬性材料，见水硬。一般的试验至少要测出 28 天的强度来。你懂吗?"

弗兰提尼无言以对，他手里那片纸装到口袋也不好，拿在手里更不自在。他有点僵住了。

张豫生用英语问他："你用什么做的? 昨天去，今天就拿来了?"

弗兰提尼回答说："我用回弹仪。"

张豫生立即说："用回弹仪不行，合同规定用压力试验机。"

弗兰提尼说："我用的是意大利回弹仪。"

张豫生一口回绝："意大利也不行。"

弗兰提尼的骄傲遇到了沉重打击挫伤，他恼羞成怒，竟然拍着张豫生的办公桌说了一句很不恭敬的话。

翻译不敢把弗兰提尼的话译出来。但张豫生一下子就火了，也拍着桌子："你再这样无礼，就请你出去! 弗兰提尼先生，你必须老老实实去做试验，如果你们的混凝土合格，我这个总工不当了。"

弗兰提尼犹豫了一下，没有走。

张豫生喝了一口茶，他尽量控制着情绪说："告诉你，你们必须做出混凝土强度试验，在未得我同意之前不能继续施工。"

说着，张豫生取过纸笔，很快签署了一份停工文件让秘书拿去打字。

弗兰提尼脸上的傲慢开始消失了。他央求地说："我没有取样器。"

张豫生马上回应说："你们意大利不是什么都有吗？怎么没有？"

张豫生拿了一个给弗兰提尼，结果他不会用。

张豫生揶揄地说："堂堂 CMC 公司项目负责人，怎么连这个都不会用？"

接着，张豫生就教弗兰提尼怎么取样。

弗兰提尼拿着取样器，带着一脸迷惘走了。

后来，弗兰提尼没办法拿出结果，张豫生只好介绍他们到兰州做试验。

这一天，当张豫生的红色吉普车路经兰州市郊一个建筑工地，他一看就知道是农村来的建筑队，他让司机停车。后边弗兰提尼的车子也停下来。

张豫生把弗兰提尼领到工地一杆磅秤前。一个中年农民正在过磅秤，秤台上分别装着沙子、石子、水泥，大概盒里沙子多了，他掏出几马勺，称过沙子又称水泥，少了，他添进几马勺，干得那样细致认真。

张豫生对弗兰提尼说："你看，我们的农民都知道配合比，你们堂堂的国际承包商怎么不知道呢？"

弗兰提尼脸红了。

经在兰州做试验，意大利人的水泥制件没有一块合格的，全部返工。

经过类似事件的教训，中国工程技术人员精深的专业知识和技术，意大利人不得不佩服。从此，他们老实了许多，也虚心了许多。

一个融洽的合作局面慢慢出现了，意大利人性格坦率，也勇于认错。后来大家合作很愉快。

TBM 进洞后，开初的掘进速度是日进 20 至 27 米，月进 670 多米。

张豫生虽然是第一次接触 TBM 这样世界最先进的掘进机，但他是个干了 30 多年水利工程的专家。多年丰富的施工经验，加上他渊博的知识，使他意识到 TBM 机尚有潜力可挖，便开始动它的脑子。

对 TBM，张豫生发现液压缸不连续工作，建议修改。这时的 CMC 早已对他另眼相看了，他们采纳了他的这一高明建议，很快通知六洋彼岸的罗宾斯公司。罗宾斯公司照办后，液压缸收缩空转时间由 64 分钟减少到 16 分钟，TBM 的工作效率发生了一次飞跃。

接着，张豫生再次提出改变刀盘转速，意方欣然接受，TBM 的掘进速度于是发生了第二次飞跃。

从此，TBM 不断爆出冷门：1991 年 6 月 25 日创造了日掘进 65.5 米，月掘进 1300 米的高速度。

据权威人士介绍，它超了英吉利海峡隧道的掘进速度，成为世界之最。

1992 年 5 月 8 日到 5 月 11 日，意大利人和中方人员紧密配合，又连续创造了 72 米，75.2 米两项世界日进最新纪录和月进 1400 米的世界纪录。

这消息传到北京，水利部很吃惊，因为我国月进超过 400 的都没听说过呀！

喜讯在"引大"工地传开来，"引大"指挥部立即向遥远的亚得里亚海边的总部发电祝贺。

新华社、《人民日报》、《甘肃日报》、《兰州晚报》等各大报纸将这中国西部创造的奇迹传向全国。

意大利人也高兴极了，他们在30A洞口搭起帐篷，摆上丰盛的菜肴，和中国工程技术人员一起，用美酒佳肴和中西合璧的热烈狂放的舞姿庆贺奇迹的出现。

当法布瑞秋举起酒杯走到张豫生跟前来祝酒时，他说："这杯酒是为诚心感谢中方技术人员的帮助而干杯。"

这项凝聚着高科技威力和中国人聪明智慧的世界纪录，像春雷一般使国内外削岩粉石的专家们震惊，他们纷纷来到这片贫瘠山地来参观。

在刚刚开放的华夏大地上，显示出科技的不可替代的作用，也使越来越多的人深深感受到"科技是第一生产力"的真谛。世界科技发展日新月异，谁掌握了新的技术，谁就掌握了把愿望变为现实的主动权。

1992年1月20日上午，30A隧洞内传出消息，钻进大山战斗了410天的TBM掘进机，将要从11.649公里厚的山体另一头穿越出来。

这天，寒风飕飕，冷气逼人，然而八屏山半山腰聚集了数百人，他们在等待一个令人激动的时刻，有的人登高翘首，有的问这问那。

还有人把耳朵贴在冻满冰凌子的土坡上，听那地腹中呼吱吱的声音，一种几百米外都能听见的啃山嚼石声。

数十台摄像机、照相机一齐投向那即将打通的洞口。

意大利小姐法兰切斯卡身上都快冻僵了，而那急切的心情使她打着哆嗦，她用生硬的汉语不住地说："我成了冰棍了？"而她的伙伴黛莉亚说："我太紧张了！"

省长贾志杰已经在这里等了整整两个多小时了，他和意大利 CMC 公司远道而来的董事长培勒·拜利塔先生一边亲切交谈着，一边冷得搓搓手跺跺脚。

培勒·拜利塔是特地赶来剪彩的。

另外来到现场的，还有省委常委、"引大"指挥韩正卿、副省长路明等领导。

附近小寺滩村的农民几乎举家出动，抱着孩子的媳妇，背孙子的老人，扛铁锨的小伙子，挨挨挤挤站满了半个山坡。就连 3 公里外东大寺喇嘛也赶来看新奇，和 CMC 公司的碧眼金发的洋人挤在一起。

11 时许，突然从山岩里面传出噼噼啪啪沉重而又脆裂的声响，就像许多挂鞭炮被闷在特殊容器里爆响。响声越来越大，石崖在动，在破裂，石块在剥落、在滚。

12 时 46 分，随着大岩石的坍塌，只见一个兰州水车似的铁家伙转动着，呼啸着，削山而出。

人们惊讶地呼喊着，向跟前扑挤，维持秩序的人吆喝着推搡着不让挤占了剪彩场地。

随着山坡那个月牙形的破口的扩大，洞内施工人员一一爬了出来。第一个出来的隧洞施工领班艾米勒·伊万，机修工陈祖华、于平江相继钻出。他们和洞外人紧紧拥抱。

中国国旗和意大利国旗在洞口拉起，高挂在刀体顶端两面，代表两个不同肤色的民族、不同地域的国家的旗帜，把人们的心给点燃了，融合了。

贾志杰和出洞的中意施工人员激动而热烈地握手，亲切问候。

一道道闪光灯下，贾志杰和拜利塔共同剪了彩。

韩正卿按捺不住内心的喜悦，用他洪亮而感情充沛的声音宣读了中共中央政治局常委宋平和有关单位的贺电。

国家水利部也发来贺信。

人们奔到高挂在刀体顶端的两国国旗下留影，金发抱着黑发，黑眼睛搂着蓝眼睛，笑声、歌声、呼喊声汇成浪潮，淹没了麦克风的声音。

打通总干渠盘道岭隧道

1985 年年底，一场接一场的大雪把盘道岭一带的荒山秃梁裹上耀眼的银装。大家猛然发现，一整个冬天光秃荒凉得有点丑陋的山野忽然变得漂亮了。

盘道岭下，通远乡及附近的村民拿着木锨、扫帚往自己的水窖里扫着雪。这一带干旱山地的农民和他们供养的生灵们，多年来就是靠收储雨水和雪来生活的。

天一放晴，阳坡的雪很快消融蒸发了，只有高峻的盘道岭阴坡的雪还原封不动。

日本熊谷组派来搞盘道岭隧洞工程的人马，就在这时抵达了盘道岭。

当时，一辆二战时代造的日本小轿车，在通远乡和盘道岭隧洞施工现场穿梭。

接着，乡上那座崭新的熊谷组营地大院里，竖起一根高竿。绿色象征生命，竿顶上两面小旗迎风飘动，上面的是白旗，上印一个绿色十字，这是安全旗。下面的上印九个角齿轮似的围成圆形图案的红色队旗。

从这挂旗的讲究，人们立刻明白了这支来自日本的隧洞建设者对于施工安全是何等重视。

熊谷组刚到不久，工程负责人作业所所长前田恭利，就开着他的"二战车"到盘道岭洞口来了。

093

前田恭利中等偏低的个头，结实的身板，戴一副近视眼镜，再配上那顶遮住大半个额头的黄色安全盔，高到膝头的水靴，既像个工头，又像个深入现场的知识分子。

"二战车"停在盘道岭洞口。

前田恭利踩着积雪，步履从容地走近洞口，他表情有点激动，深情的目光扫视隧洞上下。当前田恭利的目光触到洞顶那一排挂上白雪的红字时，他站住了，凝视着那排红字，一直伫立了很久。

这洞口，是当年中国人以"人海战"开挖的，加上出口已开挖段共有946米深，洞壁没有衬砌，犬牙交错的石棱如在黑暗的洞中隐约显现，给人恐怖的感觉。

洞顶眉额上那红字是用漆写的"宁可前进一步死，不可后退半步生"。虽然经历了数年风雨，但那血样的颜色已经深深渗进岩石里了。

前田恭利心里不由一动："这倒有点日本武士道精神的味道。"

在长达3年的为签订合同而来来往往作考证的时间里，前田恭利也是参加了的，因而中国西部这片山地里曾经发生过的一切，他也知道一些。中国人抱着多么强烈的愿望，从这条标语，他是刻骨铭心地领悟了。

老乡们看见了前田恭利立在雪地的身影，但谁也不会明白，这个日本人为何久久地站在那儿发傻。

前田恭利尚未出生之时，他的父亲随从日本侵略军来到中国东北，是个文官，"八一五"之前战死在东北。当时，前田恭利只有5岁。

由于前田恭利的母亲跟当地中国人关系比较好，群众对他母子进行了保护。

回国以后，她母亲给人家洗衣服、打零工养活他和姐姐，供他上学，日子过得寒苦艰辛。

前田恭利是靠业余劳动挣钱上大学的，毕业于东京大学土木工程专业。

前田恭利在日本战败后的艰苦环境中长大，随着年龄增长，对于侵略战争给中国人民造成的灾难，产生了歉疚之情。他渴望能到中国去，为她做点什么。

前田恭利默默地念着："现在，我终于来了，我不是真真切切地站在中国西部一项伟大水利工程前吗？我的'中国梦'将要实现了。"

随后，前田恭利重新整理了洞口，他把那条标语刮掉了，在水泥抹面的洞顶上，画上一个绿色的十字，再画上一个红色队旗。

前田恭利做了9个月的准备工作，完成了主要设备安装、调试，同时对管理局介绍的中国劳务队伍，进行了培训。他深知，盘道岭隧洞是连美国人都不敢沾手的世界难题，必须认真对付。

日本，由于岛国的地理环境所致，很早就致力于隧道工程的研究和施工。九州、大阪的公路隧洞，东京的地铁隧洞，都是世界高水平的隧洞工程。而著名的青函海底隧道是联结本渊和北海道的铁路隧道，全长 56 公里，是世界第一长隧洞。

前田恭利尽管有着 20 余年地下工程的施工经历，但他是怀着异样的心情来干盘道岭隧洞的，并且只能干好，不能干坏。因此，准备工作做得特别扎实。

1986 年 9 月 13 日上午，盘道岭隧道工程在霏霏秋雨中举行了开工典礼。甘肃省、市领导和日本株式会社熊谷组常务理事大塚本夫等人冒雨出席典礼仪式。

《甘肃日报》记者邱永强在他的现场采访报道中写道：

> 巨大的悬臂式掘进机在激光定向指导下，向大山深处掘进。褚红色的岩石被合金刀头切削成细小的颗粒，随后被掘进机的蟹爪扒入索车运往洞外，施工现场有条不紊。

熊谷组在盘道岭这样特殊和复杂的地质条件下打洞，它的配套设备是很先进的，浇喷混凝土系统是自动化的，上料、运料自动化，喷锚有机械手。悬臂式掘进机激光装置控制高低方向位置。在 15 公里多的长隧洞打出来，两头偏差只有两厘米。

熊谷组盘道岭作业所只有 20 余人。这 20 余个管理人员迎战"世界难题"的首要一条是靠严明的纪律和科学管理。

每天6时30分上班时间未到，他们都提前坐在办公室听候作业所长的安排。这时所有的车辆都发动起来听候调遣。

冬天，盘道岭零下20度的严寒，也丝毫不能影响他们按时上班。中午自带饭盒在工地用饭，吃饭时间不超过15分钟。在永登小红楼住家的日本人，每天都有一辆大轿车接送。

日本人的施工管理，只能用"精心组织，精心施工"来形容。这首先体现在时间的利用上。贴在办公室墙上的施工作业表，是以分钟为单位计算的。他们度过一日的劳累，于下晚班前都要开会总结当日工作，安排好第二天的工作才下班。他们的时间表上，没有节假日，有的只是10至15小时的工作。

为了赢得时间，他们就连施工人员的厕所设在什么位置都进行了时间和距离的论证才定下来。

1987年8月，指挥部又调来了苟怀锋和侯宝宁做监理员。侯宝宁负责CMC的监理，他在预制混凝土件上发现了裂缝，这是合同不允许的，就提出要他们维修。经理法布瑞秋很不高兴地勉强答应了，但修补后侯宝宁检查认为还是不合格，修补的地方未达到合同要求的强度。

法布瑞秋捋着他的小胡子说："侯先生，就巴掌大的一点点，你不觉得苛求得有点过分吗？"

侯宝宁说："合同没有规定面积小了就可以马马虎虎。这必须用等强度混凝土修理。"

法布瑞秋只好答应。

过了几天，侯宝宁又去工地，问那混凝土件修理情况，他们说更换了。侯宝宁也的确没有看见那一块有裂缝的。

但侯宝宁想：那么换下来放哪去了？他没有找见。可疑的是为什么洞里铺了那么多沙土？难道是往洞里运输不小心撒掉的？

侯宝宁把沙土铲开扫尽，才发现有裂缝的混凝土板他们并没返修，而是埋掉了。侯宝宁责令他们立即更换。从此后，意大利人在他跟前老实多了，再也不敢小看年轻的中国监理。

9月27日，由于侯宝宁又发现了问题，而向日本工长田中和工地主任富田浩章提出，要他们重新衬砌的时候，他们却一再推拖："过两天就衬砌。"

28日13时，侯宝宁向隧洞深处走去。他要找田中工长落实一下他们搞紧急衬砌的准备工作怎么样了，衬砌为什么不能立即投入？当时"引大"领导最关心的就是这件事，电话询问隔几分钟就来一次。

在工作中，侯宝宁逐渐熟悉和习惯了隧洞中嘈杂的声音。

记得刚到工地时，机器的噪声在隧洞里特别刺耳，后来渐渐习惯了，这种来自地层深处的声音反而使侯宝宁感到兴奋。这声音会给他驱散幽深岩洞的恐惧，好像吹过航帆的劲风，让你感受到人生的艰辛和生命的辉煌。

中国工人在紧张地工作，他们面戴防尘口罩，互相碰面不打招呼，个个都是旁若无人的样子。抽水泵把地下渗水抽出来，小溪似的沿着侧墙脚流淌出去。电瓶车开出开进，自动化浇注系统开始运作，喷砼系统的机械臂将混凝土浆很有次序地喷射在洞壁。支护工人在脚手架上，吆喝着互相协调动作，把百多公斤重的钢楅移动着安到洞顶。

侯宝宁来到掌子面，悬臂式掘进机张开巨大的铁臂用尖利的刀头啃咬着岩石。在暗淡的掌面上，它很像一只巨蟹在蠕动。

这里，侯宝宁和田中凑到一起，还没说上几句话，忽然电灯刷地熄灭，刹那间一声声震天动地的轰响，这是天塌地陷的声音，侯宝宁还从未经历过这种场面。

人们都惊呆了，到处都是惊叫声："塌方了!""塌方了!"

田中在万分震惊中，愣着神，一时分辨不出塌方发生的位置，他呆呆地站着。

这时，一股强大的冲击波几乎把他们推倒。由此才得知塌方发生在进口方向，正是昨天要求衬砌而没有衬砌的地方。

田中急忙呼喊大家往掌子面退。

耳朵里满是岩石流沙轰隆哗啦地倾入洞里的恐怖声音。一股比一股强烈的气流卷起沙土向掌子面扑来。人们大声咳着，还是呛得喘不过气来。

等到塌陷慢慢停住。人们才敢借着手电筒的光亮探究情况，只见塌陷的土石把洞子封闭死了，电路被砸断，风管被破毁，和外界的一切联系都断了。

大家都感觉到了死亡的威胁在慢慢逼近。

田中数了一下堵在掌子面的人，3个日本人，1个中国监理，10个操作工，一共14个人。

总工张豫生、副指挥严世俊先后赶到事故现场，接着其他领导和专家都赶来了。

前田恭利和严世俊决定，眼前最重要的是弄清塌方地段，抢救人命。

大家对着一张工程图研究，根据查勘的位置，塌方离掌子面还有一段空间，这就是说，洞子里的人可能还活着。

但问题是怎样把他们从地狱里拉出来。堵在洞里的砂岩堆里打一个洞？不行，塌下来的几乎全是疏松软沙，几十米长，何时才能打通？用什么工具打？种种的问题都难以解决。

就在人们万分为难焦急的时候，有人想到了斜井。盘道岭隧洞在日本人未来之前，省上准备用细水长流，蚂蚁啃骨头的办法打。因为打长洞最难解决的是通风问题，就打了7个斜井分布在整个渠线上。

他们爬上山顶，见塌方的那个"火山口"不远处，就是一号斜井，从那里可下到掌子面附近。

斜井口是一道铁门，上面锁着的一把大锁已经锈死了。人们便用榔头砸锁。

在榔头的敲砸声中，人们忽然听见一丝异样的响动，随后就明白了，这是人的声息响动。原来里面的人也发现了斜井，慢慢爬上来了。

终于，这个废弃不用的斜井把14名遇险者从死亡的边缘救出来了，他们重新看见阳光看见了蓝天白云。

塌方消息很快传到东京熊谷组本部。董事长熊谷太一郎询问了事故详情，责令前田将处理情况随时汇报。熊谷太一郎差不多每天往永登打3次国际长途，言辞相当严厉。

塌方后的一天，前田恭利到永登来找张豫生。他用乞求的口吻说："张先生，我们本部马上要来人……我的饭碗要丢了。您能不能替我说句话？"

张豫生严肃地说："我警告过你，为什么不听呢？"

前田恭利叹息一声："唉！我搞了20年工程了，以为很有经验，因而……就……"

张豫生说："可是，我搞了30年工程了。"

坐着的前田恭利站起来，以日本人的恭谨向张豫生诚恳地说："张先生，我很抱歉……"

后来，熊谷组本部派员到"引大"来调查塌方事故原因，"引大"没有向东京熊谷组总部说前面的过程，而只说塌方处是个断层，因而前田恭利没有受到处分。

前田恭利决心奋力挽回损失，他更加忘我地投入抢救工作里。

1990 年 12 月 8 日，在指挥部开的承包商经验交流会上，前田恭利介绍他的经验时说："在施工管理方面，抓每一天，每一分钟，作业循环每天都要加强。"

1992 年 1 月 12 日下午，经过 5 年 4 个月的艰苦奋战，盘道岭隧洞终于贯通。

喜讯传到北京，中共中央政治局常委宋平十分高兴，当日从北京发来亲笔明传祝贺电报说："隧洞的贯通，标志引大入秦的难关已被突破……"

13 日，水利部写给省"引大"指挥部的贺信上称，隧洞贯通"是甘肃人民的一件大喜事，也是我国水利建设事业中的一件大喜事"。

1 月 18 日上午，中共甘肃省委、甘肃省政府，在盘道岭隧洞贯通现场隆重举行庆典。

11 时 30 分，当省长贾志杰按动贯通电钮时，悬挂在洞顶的一只直径约一米的黄色球体突然裂开，释放出一幅写着"祝盘道岭隧洞全线贯通"的红底白字条幅。

顿时，全场掌声雷动。与此同时，震耳欲聋的鞭炮声大作，洞内一片欢腾。

前来参加庆典的熊谷组副会长于元平先生，情不自禁，带领大家高呼："万岁！万岁！万岁！"

前田恭利面对此情此景，止不住热泪滂沱，痛痛快快地哭了。

前田恭利说："到中国来，我只哭过这一次，我被甘肃人民选为全国劳动模范。中国国务院表彰我为优秀外国专家时，我高兴，但没有落泪；当我应邀参加贵国总理李鹏主持的国庆招待会并受接见时，我激动过，但没有哭；甚至自我记事起，好像还没有什么事让我动情流过泪。但世界上最长的引水隧洞盘道岭的贯通，我实在没办法控制自己，似乎不这样，就无法泄尽我心中的全部情感。"

修建引大揭砂平地工程

1989 年 10 月，"引大"指挥部兰州分部机械队成立，开始了揭砂平地工程。

起初只有 10 多辆推土机，推了一年，没见推出一点影儿。第二年又进了 10 辆，推了一年，也只有巴掌大一点。

1992 年推土机增加到 50 辆，此外还招聘各地拖拉机来秦王川揭砂平地。

到了 1993 年，光机械就有 103 辆，日夜不停地揭砂平地。100 多辆推土机推一年才推下来七八万亩地，给人的感觉，这片人造沙漠还依旧静静地躺着。

当年 45 岁的机械队长张立才，正当年富力强，他毕业于甘肃省农业机械化学校，祖籍秦王川芦井水。

芦井水有个金莲寺，金莲寺里有大牡丹。秦王川里，有大牡丹的乡村不多，因而金莲寺的大牡丹很有名。

但给张立才留下深刻印象的并非寺里的大牡丹，而是那响了好几个世纪的驼铃声。芦井水是河西去兰州的交通要道，甘、肃、凉三州的骆驼队世界闻名，他们从欧亚腹地运来异国货品，一路风沙疾苦，翻过乌鞘岭进入秦王川，到芦井水住上一宿，天明起程或到省城兰州，或绕道景泰往中原过黄河。

夜夜的驼铃声，从爷爷的爷爷一直响到张立才的童年。那声音并不如诗人编造的那般动听。而是"哭冬！哭冬！哭冬……"如同万里戈壁的一声声辛劳的悲叹。

解放后，公路、铁路通河西、通天山。骆驼客匿迹了，但芦井水人的生活没有多少变化，随着黎明一声鸣啼，他们照旧上地铺砂。

这个村子，最早有3家，苗家、杨家、张家。苗家从苦水来，杨家从河州来，张家从河口过来，都是移民户，见秦王川土地广，便背砂压地，营造生命的归宿。

民国十八年大旱，饿死一大半，吃草籽、旱蓬籽胀死了许多人，国民党趁岁饥抓兵走了许多，没饿死没被抓兵和没胀死的便外出逃荒，芦水井整个村子都空了。

后来，苗、杨、张3家的迁移重新发生，村子又来了人，继续着背砂压地的生活方式。

张立才听说"引大"重新上马，并且"多国部队"大战永登，他极兴奋极感慨，便辞去原工作，应聘到"引大"指挥部机械队当了队长。

一个黎明，是张立才带领机械队向秦王川父老几代铺下的砂田开战的第一天。

张立才早早起来，走到那战车一样整整齐齐停在新砌围墙的大院里一辆辆的东方红70型铁牛，就像是疼爱自己的儿子。他挨个地摸了一遍，拍着锃亮的崭新的机子，他心潮难平。

张立才想，这就将要推去家乡的万顷砂田，推去他的父老乡亲用血汗铸造的梦，他的心里，强烈的悲剧感和生命的激情油然勃发。

司机们到位了，张立才一声令下，钢铁战车隆隆出发了。

当他们的战车开进那片规划图上的世界银行万亩示范田的老砂地时，见许多白发苍苍的老农民，在砂地上蹒跚着，看着，有人还将烟荷包里的烟渣倒出，捧起砂土装到荷包里。那是作为他们人生的证明，大自然的馈赠，还有依依惜别的至深情感去珍存。

这时，坐在推土机上的张立才热泪盈眶。

按照指挥部的部署，在 1994 年 10 月总干渠通水之日，要在东干渠灌溉范围，完成 30.5 万亩的揭砂平地任务。

从 1989 年到 1993 年 4 年奋战，完成 14 万亩。1994 年 10 月以前的任务是 6 万亩。任务相当艰巨，于是大会战高潮又起。

机械队不分黑夜白天地干活。他们在地头扎帐篷住，一天吃一顿饭，饿了就吃自带干粮，困了就在驾驶室眨眨眼。炎夏烈日烘烤，驾驶室里热得像蒸笼，汗水将坐垫都湿透了。

秦王川要向过去告别，从此失去他们祖祖辈辈习惯了的耕耘，是巨大的欣喜，却也含着惜别之痛。

许多人，不愿让推土机开进自己的砂田。

牛路槽村是大会战中的重点揭砂区，推土机开进地，整个村子的男人女人拥出村，挡住不让推青苗。尽管这青苗遇了今年春夏大旱，长得稀稀拉拉的，尽管公家已经付了青苗补贴款，但还是不让推。

村中有威望的老人说："不是可惜青苗，是舍不得人们几辈子压下的地。"

还有人说："砂推了，这地不知咋种？"

就这样，僵持了半个月，推土机没能进地。官司一直打到县上，县长出动左说右劝，就是不答应。

在尖山庙社，机械队白天扎下帐篷，准备夜间悄悄干。农民把推土机掀翻扔到沟里，把帐篷拔了，东西扔出来。司机被赶出尖山庙社界不准进入。

拖拉机在这一片土地上的千古一推，许多人不理解。他们的心上，还唱着那首古老的砂田歌。

可是理解也罢，不理解也罢，谁也不能阻挡得了时代的大铲推起来的改革敷潮！

农民王汝忠，一家5口人，自从包产到户以后，每年农闲季节，全家人上地压砂，辛辛苦苦压到这时，才把老砂田全部改成新砂田。

压砂中，王汝忠一个儿子，一辆新马车连同那匹口齿很轻的大骡马压到砂坝下。用亲生骨肉的宝贵生命，换来这片新砂田，当年刚刚长出头茬麦子。

现在要推去。推土机开进这片地里时，王汝忠老两口儿爬在砂田里哭得肝肠寸断。哭声撩动村里人，男男女女站在地边落泪叹息。

张立才心里默念着："哭吧！用泪水告别泪水浸泡的生活，用哭声作秦王川砂田的最后祭奠。"

推土机隆隆响着，从王汝忠老两口儿的哭声里开过去，将天地为之一寒的伤心岁月永远地推去。

20世纪末期的中国西部，有1000平方公里面积的人造沙漠从地球上消失了。

重见天日的黄绵土，万象更新，春潮澎湃。

土地的旧边老埂已经抹去，土壤学家、农业专家、植物学家在为这片土地未来世纪的绿色工程作科学化的部署；经济学家、城市规划专家正在为这片土地新的工业开发区做种种规划设计：一个个方案，一张张蓝图，一次次的论证会……

引大入秦工程全线贯通

1993 年 8 月 12 日，引大入秦工程，经中国、意大利、日本国施工队 6 年奋战，已接近尾声。

继日本熊谷组、意大利 CMC 公司和中国铁道部第二十工程局之后，铁道部第十五工程局承建的隧洞也已经全部贯通。

铁道部另一支施工劲旅第十八工程局正顽强奋战在崇山峻岭之中，开凿整个工程的最后一个隧洞。

1994 年 6 月 26 日 23 时 58 分，随着铁道部第十八工程局最后一排炮声响过之后，由 33 座隧洞联结 86.95 公里长的引大入秦总干渠全线贯通。

为贯通这条总干渠，数万名中、日、意等国的建筑工程技术人员，历时 18 个春秋，吃尽千辛万苦，克服重重难关，终于如愿以偿。

9 月 25 日，引大入秦工程进行试通水。

为了试通水成功，专门组织了指挥班子，由韩正卿统一指挥，华镇、严世俊任现场指挥长。

9 月 25 日早上 8 时整，华镇、严世俊两位现场指挥长带领一班人在天堂寺渠首开闸放水。

大通河是一匹未经驯服的野马，突然被一道钢铁闸门逼上陌生的水道，它波翻浪涌，挣扎着反抗着，但终于无法挣脱那无形的缰绳，驯服地流向那深深的隧洞……

韩正卿守着办公桌上的电话，寸步不离。水每流到一段明渠或穿过一条隧洞，每一个点都有人监测水位，向他随时电话报告。

渠道和隧洞里有未能清除的杂物，为了把这些杂物冲走，每过一洞或一渠段都要打开泄水闸放掉脏水，因此，水头走一走又停一停。

韩正卿从白天守到夜晚，又从夜晚守到白天，一刻也没有离开电话，没有闭上眼睛休息一下。那一夜，一切电话为他让路，水流到哪里，他的心就跟到哪里。

26日早晨8时，据现场指挥长向韩正卿报告，水快到了，韩正卿离开指挥部，到香炉山总分水闸等水。

香炉山是几座毗连的山峰，其中最为险峻的一峰叫香炉山，通体红色砂岩，光秃秃没有树木，山巅一座庙宇。

香炉峰下沟涧纵横，其中由西向东最大一条深沟，叫香炉山沙沟，总分水闸就在这道大沟之间，与香炉峰隔壑相望。

这是一座二层楼式闸房，呈半月形建筑，一个旋转式楼梯通到楼上去，闸房后面是总干渠最后一个隧洞三十九号隧洞的出口。

总分水闸如一座哥特式风格的白色建筑物镶嵌在火红的山坡上。两座大渡槽，南支沟拱桥渡槽和东二干桥式渡槽从分水闸逸出，跨过两座深壑，分别朝东南和西北方向的山峰衔接。

韩正卿来到这里时，天气异常晴朗，一轮红日喷薄东出，把橘红色的霞光照映在这片红色峰峦，建筑物在彤红的岚雾里若隐若现，渡槽如彩虹高悬空谷，形成一种海市蜃楼般的美丽境界。

然而，这如仙似幻的境界与韩正卿心情的高度紧张太不和谐了。自从 25 日 8 时天堂寺开闸放水，到现在刚好过了 24 小时。这 24 小时，是他的心与那奔流的水贴得最紧的时刻。

韩正卿对承包商和指挥部的人经常讲："这是百年大计，千年大计，万年大计。工程不验收，水来验收。"

韩正卿不由得紧张起来：当前这 24 小时，就是大通河改道分津的滔滔洪波在验收他们的工程，在验收他这个总指挥，在验收所有的"引大"人。

陪在韩正卿身边的人，心情也跟他一样。

韩正卿站在闸房前，等待了一个多小时。忽然，三十九号隧洞传出沉雷般的声音，随之一股渗入肺腑的水喷涌而来，水头扑到巨大的闸板上，翻卷起高高的雪浪。

韩正卿望着浪沫高扬的水，心里也浪涛翻涌："总算修通了，水出来了。啊！太艰难了！"他哽咽着说不出话来，只是热泪长流。

身边的人看着总指挥以泪洗面的情景，眼里也都溢满了泪水。

引大入秦工程正式通水

1994 年 10 月 10 日，引大入秦工程总干渠全线正式通水。

这片土地上，从 1958 年"引洮上山"开始，到这个日子，历时 36 年。几十万劳动者被一个强烈的梦想和愿望激发起来，轰轰烈烈奋斗了 36 个春秋。经历了种种的苦难牺牲才赢得这一次大胜利！36 个春秋，太多的失败与挫折，人们不相信还能实现的梦想，终于成真。

人们看到，一条新河正滔滔而来，带着清冽的河水，带着生命的希望，滋润着 8000 里风沙线上的旱漠荒原。

从此，高原人民可以借这明净的水色把耳根洗净，不再响起从前那风沙的呼啸。

从此，高原人民可以用这清冽的河水洗净那望断沙苗的眼睛，看够这清流的湛绿。

甘肃省委、省政府为这意义重大的通水，举行了庄严隆重的庆典。甘肃人民要把 36 年积压心灵的一声呐喊在锣鼓和鞭炮声里宣泄出来。

会场选在著名的盘道岭隧洞与 30A 隧洞之间的营地，中间这座水的桥，成了友谊的纽带，被称为"欧亚大陆桥"，"引大"纪念碑竖在这里，的确是极佳的选择。

碑有两座，一座竖立在桥西端 30A 隧洞出口处，上面记载着日本、意大利和澳大利亚三国工程技术人员的事迹。它是国际合作与友谊的见证。碑分三面，为三角棱柱体，碑的顶端有 3 个银白色圆环紧相连接，组成一个三环相拥的整体，与三棱体碑的黑色碑面成直角竖立在三层红色花岗石垫座上、象征三国团结共建"引大"。三国的记事碑文分别用日文、英文和中文镌刻于碑的三面。

另一座碑竖立在桥东端前侧，盘道岭隧洞出口百余米的台地上。这是甘肃省引大入秦工程记事碑。

碑正面记述了"引大"工程两下三上历经 18 个春秋终于建成的艰苦过程。甘肃省著名书法家何聚川教授书写碑文。

碑背面记载 1976 至 1994 年来参加这一工程的领导和工程技术负责人，从总指挥、总工程师、工区主任等处级以上干部都刻石为记。

碑左侧面是宋平题词"千秋伟业造福万代"，右侧面是李子奇题词"千秋功业惠及子孙"。

纪念碑为四面正方柱体，黑色的碑面，红色花岗石碑座。碑亭为六角六柱坡顶翘角，玉白色栏杆，分两层轩台，四面有阶通亭内，碑亭背后是大渠，盘道岭伸向大沙沟的一壁峻崖。

会议主席台设在碑亭前方的台地上，台地下面宽阔的平地便是会场。有一组漂亮的水泥台阶把主席台和会场联结。军乐队为两组队形站在台阶两边。

大气球上挂着巨幅标语悬垂半空，几百面彩旗插在"欧亚大陆桥"上迎风招展。20多名来自省城的礼仪小姐端庄秀丽，风度翩翩地玉立在主席台上。黄的秋菊、白的蓝的矢车菊和一串红的盆花点缀在碑亭轩栏，会场各处，记事碑上盖着一方红色绸幕。

从前一天晚上开始，雨就沥沥淅淅地下着。但人们依然一大早就冒雨而来。

七山乡已经83岁的钱承仪，头一天就动身走了20公里山路，提前赶来住在双牛沟亲戚家，当日又起个大早，冒着大雨、踩着泥泞来到会场。

晓林村的黄德荣一家7口，穿着新衣服，扶着78岁的老人来参加庆典。

当年参加过"引大"万人会战的当地百姓，带着对往事的万般感慨，从四乡八村来了。

秦王川灌区的农民和他们的社火队，打着太平鼓、舞着龙灯来了。

数百名中小学生组成的鼓号队，花环队冒雨站在通向会场的道路两旁，欢迎前来参加庆典的领导和嘉宾。

曾担任中共甘肃省委第一书记的中共中央原政治局常委宋平、中共甘肃省委书记阎海旺、国务院扶贫领导小组副组长杨钟，省党政军领导曹芃生、张吾乐、申效曾、杨振杰，八届全国政协常委李子奇，省老同志王世泰、黄罗斌、李登瀛、许飞青，还有省委、省人大、省政府、省政协、省军区，以及水利部、黄河水利委员会、国家计委、国家地震局的有关领导，都在主席台上就座。

在整个工程建设过程中，"引大"得到了国务院办公厅、国务院扶贫开发领导小组、国家计委、财政部、水利部、外交部、中联部、建设部、农业部、铁道部、国家海关、国家民航总局、国家税务总局、国家开发银行等中央有关部、委的关心，和甘肃省计委、财政厅、水利厅、建设银行、人民银行、海关、电力局、土地局等许多单位的大力支持。

上午 11 时，大雨突然停止了，浓重的雨云渐渐飘散，露出一片湛蓝的天空，天空骤然放晴，太阳洒下令人喜悦的光辉，似乎老天也被这盛典感动，格外施恩。

省委书记阎海旺宣布：

引大入秦正式通水庆祝大会开始。

顿时，会场上雄壮的军乐声，震耳的太平鼓声，与激烈的鞭炮声和群众的欢呼声响成一片。

在震荡山河的欢乐声里。18 年前，第一任力主修建"引大"的省委书记宋平，离开他的座位，拿起剪刀，带着欣慰的微笑为这一盛典剪了彩。

这一剪，代表着万千建设者，活着的和牺牲了的，台上就座和台下站立的，打开了一个闸门，一个内涵太多太深的大闸。

随后，宋平缓步登亭为纪念碑揭幕。

115

一座黑色的闪着乌金光泽的丰碑出现在人们面前。

一条新河滔滔地流溅着，在狂欢声里，在充满喜悦泪水的眼睛里，在陶醉了的心灵里，穿越沉寂的峰峦，向干渴的秦王川流去。

伴着奔涌的激流，宋平、张吾乐等领导人发表了热情洋溢的讲话。

宋平十分高兴地说：

引大入秦工程在甘肃省委、省政府的正确决策和领导下，经过中外建设者10多年艰苦卓绝的奋战，今天，几代人的美梦终于变成了现实。这在甘肃水利发展史上是一个重要的里程碑……

省长张吾乐代表省委、省政府向光临庆祝大会的中央领导、国家有关部门的领导和职工们表示热烈欢迎，向参加引大入秦工程建设的工程技术人员、干部职工表示崇高的敬意，向多年来参与工程建设的国际友人表示诚挚的谢意！

张吾乐在讲话中说：

引大入秦工程，是在党中央、国务院的关怀下，在国家有关部门的大力支持下，我省利用外资，引进先进技术、设备和管理，建设的一项大型跨流域调水工程。这项工程的建设，历经"两下三上"18个春秋，现在终于完成总干渠的胜利通水。特别是改革开放以来，历届省委、省政府都十分重视这项重大引水工程……

今天，我们在此举行隆重的通水庆典，既是对以往工程建设的总结，同时也是一个新的开端和再动员……

庆祝会上，宣读了国务委员陈俊生的贺信。陈俊生代表国务院，向这项工程的胜利竣工表示热烈的庆贺，向为工程建设作出贡献的国内外承包单位、有关部门、工程技术人员和广大干部群众表示衷心的感谢！

陈俊生在贺信里说：

"三西"地区第二个10年的农业专项建设，已进入第二个年头，我相信引大入秦工程的竣工通水，将会加快甘肃省"两西"建设和全省扶贫开发的步伐，进而促进甘肃省整个经济的全面发展……

世界银行中国蒙古局农业处处长约瑟夫·格德博格先生从华盛顿发来贺电传真。他在贺电里说：

我们对你们取得的这一成绩表示祝贺，你们也应该感到骄傲！

当庆祝大会进行到由省政协副主席、"引大"总指挥韩正卿汇报工程建设情况的时候，所有的人都充满期待地看着主席台。

韩正卿走到主席台左前侧的话筒跟前，恭敬地肃立着。这天，韩正卿脱去了往日带饭上工地时常穿的那件旧夹克，换上了一身笔挺的西服。

韩正卿稳定了一下激动的心情，他用铿锵的语言向党和人民汇报 18 年的风风雨雨……

本书主要参考资料

《引大入秦工程建设大事记》常泽国主编 甘肃人民
  出版社

《新河》王守义著 甘肃文化出版社

《大通吟》常泽国 焦多福主编 甘肃文化出版社

《甘肃水战略》王渊 周兴福著 甘肃人民出版社

《山高水长：引大入秦工程建设回忆录》姜作孝等主
  编 甘肃文化出版社

《引大入秦工程建设技术研究》张云刚等主编 甘肃
  科学技术出版社

《奋进中的甘肃水利》许文海主编 甘肃省水利厅编
  中国水利水电出版社